人格分裂手记

方洋 著

·长沙·

© 中南博集天卷文化传媒有限公司。本书版权受法律保护。未经权利人许可，任何人不得以任何方式使用本书包括正文、插图、封面、版式等任何部分内容，违者将受到法律制裁。

图书在版编目（CIP）数据

人格分裂手记 / 方洋著. -- 长沙：湖南文艺出版社，2024. 12. -- ISBN 978-7-5726-2111-6

I. I246.7

中国国家版本馆 CIP 数据核字第 20247LX647 号

上架建议：畅销·小说

RENGE FENLIE SHOUJI

人格分裂手记

著　　者：	方　洋
出 版 人：	陈新文
责任编辑：	匡杨乐
监　　制：	邢越超
策划编辑：	刘　筝
特约编辑：	张　雪　周冬霞
营销支持：	周　茜
封面设计：	SUA DESIGN
版式设计：	梁秋晨
内文排版：	百朗文化
出　　版：	湖南文艺出版社
	（长沙市雨花区东二环一段 508 号　邮编：410014）
网　　址：	www.hnwy.net
印　　刷：	三河市鑫金马印装有限公司
经　　销：	新华书店
开　　本：	680 mm × 955 mm　1/16
字　　数：	215 千字
印　　张：	15
版　　次：	2024 年 12 月第 1 版
印　　次：	2024 年 12 月第 1 次印刷
书　　号：	ISBN 978-7-5726-2111-6
定　　价：	49.80 元

若有质量问题，请致电质量监督电话：010-59096394
团购电话：010-59320018

目录 Contents

第一个病例：十重人格分裂者

引子 / 002

01 十重人格的自白 / 007

02 猪肉碎尸案 / 034

03 第十一重人格 / 050

尾声 / 053

第二个病例：梦中杀人

引子 / 056

01 共享梦境 / 060

02 他们要在梦里杀掉我 / 069

03 神秘的笔记 / 078

04 深蓝孩童 / 089

尾声 / 101

第三个病例：第四面墙

引子 / 106

01 我去了墙的另一面 / 116

02 孙先生的笔录 / 126

03 红色的女孩 / 137

04 停尸间重生 / 151

尾声 / 158

第四个病例：代号S实验

引子 / 162

01 粒子的眼睛 / 168

02 火车难题 / 177

03 代号S实验 / 184

尾声 / 195

第五个病例：恶念怪物

引子 / 200

01 人格培育疗法 / 203

02 迷宫逃亡 / 210

03 恶念怪物 / 217

尾声 / 229

第一个病例：

十重人格分裂者

引子

20世纪70年代的美国,曾经出现过这样一位患者,他在美国俄亥俄州立大学犯下了三起强奸案。

案发后不久,他在住所里,被美国警方逮捕归案,但最终却被判无罪。

因为在审讯过程中,一位心理学博士和一位精神学家,先后初步诊断他为疑似"多重人格症"患者,也就是我们常说的"多重人格分裂"。

专家们发现,在他的身体里,一共住着二十四个人格,除了他的本格之外,还拥有其他二十三个迥异的人格。这些人格,有男有女,他们有着不同的名字、年龄、身份,甚至在学识、心智、性格,以及行为方式上,都有着巨大的差异。其中,最小的人格,名叫克里斯汀,是个女孩,只有3岁。而最年长的那个人格,也就是他最核心的那个,名叫比利,26岁。

更有趣的是,在这些各不相同的人格当中,还包含一位女同性恋人格。那三起强奸案,正是这位女同性恋人格犯下的。理由是,她希望借助男性的身体，侵占女人的肉体，以此得到女同性恋者无法得到的满足。

最后，他在四名精神科医生和五名心理学家的反复测试和观察下，被确诊为严重的多重人格患者。依照美国法律，他被判无罪，后被转移到一所国立精神病医院接受看护和治疗。

治疗起到了很好的效果，他身体里的二十四重人格，融合成了一个好的人格，那个人格被称作"老师"。

他就是被人们称为"二十四个比利"的威廉·密里根。

而我，也在调查走访梦游症患者的过程中，接触到了一位情况类似于威廉·密里根的、十分罕见的多重人格症患者，他的身体，除了他的本格外，一共分裂出了九个不同的人格，和比利不同的是，包括他本格在内的十个人格，每一个人格，都患有严重的精神分裂症。

在患者所住的精神病医院的精神康复科主任医师的办公室里，我见到了这位患者的主治医生郭跃明。

我问："请问精神分裂症和多重人格症有什么区别？"

郭医生回答道："精神分裂症，是一种严重的精神疾病，临床表现主要为情感障碍、思维障碍、感知觉障碍、意志和行为障碍，以及认知功能障碍。这种患者多会出现严重的幻觉以及过分的妄想，情感情绪十分不协调，容易失控，造成严重的后果，甚至对周遭事物的认知能力都会产生很大的变化。"

接着郭医生又解释道："而多重人格症，其实是一种人格障碍类精神疾病，也被称为分裂型人格障碍或者多重人格分裂。精神分裂症患者不一定会产生多重人格，多重人格症患者也不一定会有精神分裂的表现。但是，有些情况下，精神分裂症可能会导致多重人格症的出现。而这位患者就是这样，他既患有精神分裂症，也患有多重人格症。并且，这种精神分裂的症状，已经蔓延到了他身体里的每一个人格上。我们逐步发现，这些不同人格的精神分裂症，又发展出了各种不同的症状表现，例如妄想型精神分裂症、被害妄想症、强迫症、旷野恐惧症、寄生虫妄想症、偏执性精神障碍等等，总之十分复杂。"

我深吸了一口气道："也就是说，包括他的本格在内，他的每一个人格都很危险。"

郭医生道："可以这么说，所以，我不建议你直接接触他，因为我并不知道他此刻正处在哪一个人格的状态下。"

我问："能给我讲讲他的每一个人格吗？"

郭医生道："给你看样东西。"

郭医生十分神秘地领我进了档案室，他打开保险柜，从里面取出一沓用文件袋封好的文件。文件一共十份。

我问："这是……"

郭医生道："为了更加了解他的每一个人格，我们费了很大的力气才终于说服了他的十重人格，让他的每一个人格都尽可能多地写下一些关于自己的想法。"

我道："你是说，这些文件，分别是这位患者每一个人格的自白？"

郭医生点了点头道："这些都是复印件，你可以拿去研究，但是，我不能让你去见这位患者，因为他很危险。"

我问："关于他的梦游……"

郭医生道："我正要说呢。两年前，这位患者在梦游中掐死了自己的妻子。对了，他的妻子和他一个姓，都姓马。警方将他逮捕后，请了很多专家和医生，当然也包括我，我们对他做了一系列专业的心理测试和精神鉴定。我们吃惊地发现，他拥有十重人格。"

我问："那么，杀掉他妻子马女士的，是哪一个人格？"

郭医生摇了摇头说："这至今是一个谜。他的人格每天都会发生改变，

第一个病例：十重人格分裂者

当然，也有一连好几天保持同一个人格的情况。我们花了半年多的时间反复询问了他的每一个人格，得到的答案都是一致的，他们并不知道杀掉妻子的事情是哪一个人格干的，并且互相推诿。这种感觉就好像什么你知道吗？就好像你面对的不是一个人，而是十个完全不同的人，他们之间甚至都会互相猜疑，努力摆脱自身的嫌疑。"

我问："他的本格是怎么说的？"

郭医生道："他的本格向我详细介绍了他们的作息方式，他告诉我，每天晚上，当他的这具肉体陷入睡眠当中之后，当天控制这具肉体的人格就会回到大堂……"

我一愣："大堂？"

郭医生道："就是他脑海中幻想出来的一个精神空间。"

我道："请继续。"

郭医生道："他的十重人格会在大堂开个圆桌会议，决定第二天由哪一个人格获得肉体的掌控权。会议结束之后，所有的人格都会回到各自的房间睡觉。他的本格怀疑，那天晚上，一定是有某一个人格，在其他人格全都熟睡之后，悄悄溜出去了，在大家都不知情的情况下，获得了肉体的控制权，然后掐死了他的妻子。"

我一怔："一个偷溜出去的人格？"

郭医生道："没错！就连他的本格都不知道那个偷溜出去的人格究竟是哪一个，所有的人格都不承认是自己干的。"

我问："他的本格就没有追究这件事情？"

郭医生道："说不定就是他的本格干的呢！不过，他大概是没机会追究了。"

我问："为什么？"

郭医生道："他的本格，疯掉了！"

我道："本格疯了？他不是早就精神分裂了吗？"

郭医生道:"比那严重一百倍!"

我道:"他到底怎么了?"

郭医生道:"他幻想自己是一只猫,不是一个人,我们把那个人格,称为黄油猫人格!"

那天,医院并没有允许我见这位患者——马先生。不过,也并非一无所获,好歹,我得到了十份文件。

我抱着这沓文件回了家。到家后,我立即将这些文件拆封。我发现,每一份文件的抬头都写着一个名字,是这位患者每一重人格的名字,每一个名字的下面,都有一段简短的文字,文字内容是对每一重人格的介绍,紧接着是每一重人格的自白。

01 十重人格的自白

第一重人格：黄油猫人格
姓名：马凯文
性别：男
年龄：28 岁
职业：工业设计师
临床表现： 对事物的妄想到了极端扭曲的地步，幻想自己是 21 世纪最伟大的发明家，号称自己发明了"永动机"。最终，病情愈发恶劣，幻想自己是一只猫。

首先，我肯定是个天才，这点毋庸置疑。当然，天才的想法总是不被常人所理解的。如果常人都能理解天才的想法，那么天才又怎么能被称作天才呢？

你们把我关在这里，关在这家精神病医院里，分明就是嫉妒我的才华。毕竟，我就像是一个造物者，创造了九个同伴。没错，我实在是太寂寞了，于是就把他们创造出来陪我。

每天晚上睡着之后，我们十个人便会围在一张桌子前，召开圆桌会议，决定明天由哪一重人格出现。当然，除非特殊情况，大多数时候，我们都是抽签决定的。这是我们一致认为最为公平公正的方法。

你可能会问，我们晚上住哪儿？

我们每个人都有自己的房间，我们住在一座大楼里，那座大楼一共十一层，除了一楼大堂没人住，其余的十层，我们每个人独揽一层。

我住在第十一层，虽然我有恐高症，但没办法，这是抽签决定的。不过习惯了之后，我发现住在顶层也挺好，站得高看得远嘛。我的卧室有一扇巨大的落地窗，窗外就是大海，风景好极了，真想邀请你们住进来体验一下。

我们约法三章，每一重人格都不允许踏入其他人格所居住的楼层，我们所有的会面，都在一楼的公共空间内。虽然我们时常聚在一起抽烟打牌，玩杀人游戏之类的，但是玩久了也会腻，于是我想着要养一只猫。

神说，要有猫，便有了猫。

我创造出了一只暹罗猫，因为我喜欢这个品种的猫。不过我一直没想好它的性别。也就是说，它非公非母，可公可母。老实说，它并不算是我的一重人格，因为它只是一只猫。

我和这只猫融洽地相处着，它实在是美丽极了，浑身上下散发出一股神秘的气息。我很高兴自己创造了这么一只猫，因为它总能令我想起我的妻子。我一直认为，我的妻子身上就具备着猫一样的气质。

说到我的妻子，我至今还是没能查出究竟是哪一个该死的家伙杀掉了她，总之，那九个人格都有嫌疑。我也能够隐约地意识到，有人想要害死我！这并不是被害妄想症，绝对不是，这是一种直觉，直觉告诉我，有人想要害死我，而那个人，就是杀掉我妻子的凶手！

唯一能让我安全的办法，就是绝不出门。对，绝不出门。当然，今天例外，因为按照约定，我必须完成这篇作文。医生，你一定不知道，也一定很好奇，或许你并没有发现，也或许你已经发现了，其实我已经一个月没有出现了。这一个月里，我一直把自己锁在房间里，连每天晚上的圆桌会议都不参加。

别问为什么，你一定已经猜到了。因为那个凶手，那个想要害死我的凶手，已经蠢蠢欲动了，他就要出手了，虽然我不知道他是谁，但是，我已经感觉到了危险的临近。只有把自己锁在房间里，才是最为安全的。

这一个月的时间里，我一直和我的猫待在一块儿。每天它都会和我一起睡觉，一块儿起床。

天哪，我的猫实在是太美了！

我觉得，它就是我的妻子！我要和它厮守一辈子。

就在半个月前的一个早上，我突然想吃黄油吐司了，于是就去冰箱里拿了一些。当我把黄油涂抹到吐司上时，我的猫也在一旁摇晃着尾巴，眼睛一眨一眨地看着我。

我看着吐司和上面的黄油，又看了看猫。突然，我想到了以前看过的一个理论。

医生，你可能听说过这个理论，也可能从未听说。

它叫黄油猫理论。

这个理论很有意思，它是这么说的——

将一只猫，从半空中抛下，那只猫永远都是四脚着地；而将一块黄油吐司从半空中抛下，永远都是抹了黄油的那一面着地。

如果，将黄油吐司绑在一只猫的背上，猫四脚朝下，抹了黄油的吐司，黄油那一面朝上，那么，将这只黄油吐司猫从半空中抛下的时候会怎样呢？

我很好奇，你知道吗？我真的很好奇。

于是，我照着理论的步骤，将黄油吐司绑在了猫的背上。然后，我将它抱起，从半空中抛下。

天哪，我的猫，竟然在半空中高速地旋转起来。

在没有任何动力的支配下，我的猫竟然如同马达一般，以身体为轴，飞速地在半空中旋转。

我感觉，自己发明了永动机！

这简直就是21世纪最伟大的发明！

医生，你能给我一只猫和一片黄油吐司吗？我要让你见证这伟大的一刻！

可是，那天早上，我从睡梦中醒来的时候，发现我的猫已经不在我身边了。以前它都会蜷缩在我的臂弯里。可是那天，它却不在了。

当时我慌了，你知道吗，医生？我慌了，那一刻，我已经预料到了，有什么不好的事情发生了。

我找遍了整间屋子，都没能找到它，于是找到了外面的走廊里。我看到，我的猫，蜷缩在走廊的地板上。我立马跑了过去，却看到它身体扭曲，浑身的毛都已经岔开了，如同一条死鱼一般，一动不动。

它死了，医生！

有人杀死了它！

就是那个凶手！那个杀死我妻子的凶手！一定是他！他违背了约定，闯入了我的楼层，害死了我的猫！

从那之后，我终日生活在惶恐不安之中。敌人在暗，我在明，危险仿佛就在身边，没错，我生怕哪天早上醒不过来了！如同我的妻子，如同我的猫！

我决定逃离这座大楼。但是，从一楼出不去，因为整座大楼都被大海环绕，我不会游泳，出去会死的。

除非，我会飞！

我突然想到了黄油猫理论。

没错，黄油猫就可以飞。虽然黄油猫只能在半空中原地旋转，无法前行，但是，只要改变黄油猫的结构，就可以产生前进的动力。其实说白了，很简单，就是在黄油猫的前端加个螺旋桨，黄油猫旋转带动螺旋桨旋转，产生风能，就可以往前飞了。

我在自己身上试验了黄油猫理论，我将一块黄油吐司贴在自己的背上，黄油面朝上，然后，我爬上衣柜，俯身往下跳，结果，摔了个狗啃泥。我这才意识到，黄油猫理论只有在猫身上才能成立，在人身上是不行的。

所以，我有了一个打算，我要把自己变成一只猫，只有变成了猫，我才能从这个地方逃出去，我才能避免被那个凶手干掉！

等着吧，我会成功的。

好了，他们催我了，我得回去了。我要把自己变成一只猫！

主治医生的批注：

患者的主人格，马凯文，想要把自己变成一只猫。这引起了我们的警觉。但是，我们一时间想不出应对的策略。

黄油猫理论，只是一个悖论，是一个有趣的假想。

换句话说，这是个伪科学理论，是反万有引力的。而患者在自己的精神世界里，幻想了一个黄油猫实验，并且成功了，继而走火入魔，把自己幻想成了黄油猫。

从那之后，整整一个月的时间，我们都没有再见到马凯文人格出现。

直到五月份的时候，我在对马凯文的另一重人格——莉莉丝人格（女性人格）进行测试的时候，突然发生了奇怪的现象。

一开始，我和莉莉丝人格聊得很平静，气氛也很融洽，莉莉丝也对我没有任何的排斥感。

人格分裂手记

但是，大概就在测试进行到一半的时候，莉莉丝突然发疯般地尖叫了起来。

她不停地用指甲抓挠自己的头发，对我道："它来了！它来了！它来了！"

我问："谁来了？"

她道："我看到了一只黑猫，一只黑猫，它来了，它是来争夺主控权的！"

我问："那只猫？那只猫是？"

她没来得及回答我，我看得出，人格在发生变化。很快，莉莉丝人格不见了，取而代之的，是一个我从未见过的人格。

只见患者那瘦骨嶙峋的躯体，一瞬间弓了起来。

他的瞳仁缩得很细，仿佛发出了瘆人的幽光。

突然，他发出猫一样的嘶叫声，越过桌子，将我扑倒在地，紧接着，他冲向门，夺门而逃。整个过程都是手脚并用的，那逃跑的姿势真的如同一只慌乱的猫。

由于莉莉丝人格一直都很稳定，所以那天，我们并没有给患者套上约束服，以及任何可约束的设备，这也是为了让莉莉丝人格保持放松的状态，这对患者的人格康复有好处。可是令谁都没想到的是，测试过程中却出现了前所未有的人格强制转换的情况。

最后，患者被八名强壮的护工摁倒在地，打了一针安定药，才昏睡过去。

我们都不知道这到底是怎么回事。

不过很快，我在莉莉丝人格的自白当中，找到了一丝端倪。

莉莉丝人格再度出现的时候，我们加强了防范，把她领到康复室后，我们给她戴上了固定在桌子和地板上的手铐、脚镣。不过尽管如此，她的双手还是有一定的活动范围，因为，我们需要她写出自白。

这次，为了防止突发人格转换造成危险，我们没有让她用笔，而是给了莉莉丝人格一台笔记本电脑，让她直接在键盘上打字。

第二重人格：莉莉丝人格
姓名：莉莉丝
性别：女
年龄：15 岁
职业：高中学生
临床表现：有某种程度的恋物癖，对事物产生幻觉，会在潜意识里将一切不具备生命的物体拟人化，幻想自己与某个物体交谈，甚至是恋爱。

医生哥哥，人家就知道你一定很好奇，那天究竟发生了什么。那天真是好可怕好可怕的呢。我从来没见过那么凶残的猫咪，它当时朝我扑了过来，差点就把人家的脸给抓伤了。人家差点就毁容了。知道吗，医生哥哥？人家要是毁容了，就不能见人了，宁可去死了。现在想起来，人家还真是一阵又一阵地后怕呢。

就在昨天晚上，妈妈（指另外一重人格）回来的时候，我们一起在大堂开圆桌会议。我向大家提到了那天的遭遇，大家都表示很诧异。因为谁也没见过那只猫，甚至都不知道这座大楼里还有一只猫的存在。

会议上，妈妈突然看着不远处的一个空位说："马凯文已经多久没来参加过会议啦？"

我们这才意识到，马凯文哥哥已经好久好久都没有来过啦。

我们都不知道马凯文哥哥到底怎么了，为什么不来参加会议，不会是

人格分裂手记

死了吧？他可是创造出我们的主人格，他要是死了，我们谁都不清楚会发生什么可怕的事情。

妈妈提议，派人到顶楼去看看。

可是大家都议论纷纷。因为我们早就约法三章了，每个人都不能侵犯别人的楼层。但是妈妈还是坚持要上去看一看，大家都没动，于是妈妈就自己上去了。我们所有人都在圆桌前等着她。

那天我们等了好久好久，都没有等到妈妈回来，于是大家就都散了，各自回自己的楼层睡觉去了。

我的楼层是五楼，一个人住那么大一层，还真是有些害怕呢。而且人家还只是一个小女生，一到晚上就感觉很害怕。尤其是发生那天的事情之后，人家一闭眼，就能看见那只黑猫朝人家扑过来，把人家的脸都抓烂了，鲜血淋漓的。

不过还好，有我的枕头哥哥陪着我，枕头哥哥每天晚上都给人家讲睡前故事，讲着讲着人家就睡着啦。

第二天晚上，圆桌会议上，少了两个人，一个是马凯文，另外一个竟然是妈妈。

妈妈是会议的议长，从来都不会缺席。她要是缺席了，圆桌会议都不知道该怎么进行下去了。

那天的会议，因为妈妈的缺席，没能进行，所以也没有人抽签决定第二天谁获得肉体的主控权。

第三天晚上，圆桌会议上，妈妈终于姗姗来迟。

我们所有人都问妈妈，问她究竟有没有去顶楼。

那天妈妈的脸色看上去很不好，以前都是很精神、很有气质的，可是那天晚上妈妈看上去憔悴了不少。

妈妈沉默了半晌，然后默默地点了点头。

我们都很焦急，问她看到马凯文了没有，他还好吗？

妈妈的脸色变得愈发难看了，真的，当时，大家在问到这个问题的时候，人家看到妈妈的整张脸都青了呢。她满头大汗的样子，把我们都吓得不轻。

我们问妈妈到底看到了什么。

妈妈再度陷入了沉默。

许久之后，她终于开口道："我看到了可怕的东西！"

可是，无论我们怎么追问，她都不愿意告诉我们那个可怕的东西究竟是什么。

谁也不敢到顶楼去一探究竟。

好了医生哥哥，人家知道的都告诉你啦，就写这么多啦。

对了，医生哥哥，这台笔记本电脑可不可以送给人家呀？人家一边打字，一边和它聊天，可开心啦，我觉得已经和它成为朋友啦。

主治医生的批注：

莉莉丝人格说，有一天晚上因为妈妈的缺席，圆桌会议没能进行下去，也没能抽签决定第二天谁获得肉体的主控权。

的确，我记得患者确实有过昏睡一整天的情况。

根据种种迹象，我猜测，十一楼里，马凯文的人格很有可能变成了一只猫。

但是，在莉莉丝的描述中，妈妈的惊恐程度远远不像是看到了一只猫那么简单。

妈妈口中的那个"可怕的东西"，究竟会是什么呢？

人格分裂手记

第三重人格：妈妈人格

姓名：不详

外号：妈妈

性别：女

年龄：42 岁

职业：修女

临床表现：幻想自己能够与神对话。

我不知道你们是否相信这个世界上有神，这并不是信仰问题，因为我能够明确地告诉你们，神是存在的。

我之所以这么说，是因为我亲眼见过神，还和他说过话。

你们可能会问，那么，神究竟在哪儿呢？

你们一定以为我会回答，神在天上。

可是你们又会说，我们的飞机早就已经飞上天了，可是，神在哪儿呢？

你们一定以为我会回答，神在太空里。

于是你们又会说，我们的宇宙飞船已经飞进太空了，可是，神在哪儿呢？

你们一定以为我会回答，神在另一个我们人类无法抵达的维度里。

其实，这都不是我的回答。我想要告诉你们的是，神离我们并没有那么远。他就在我们身边。

你们肯定会笑话我说，哈哈，神就在我们身边，我们怎么没看见？

哈哈，其实你们早就看见了，只不过，你们不认识神，所以你们以为自己没看见。

就像你把一个中古世纪的人拉到现代来，他看到飞机，一定不会认为那是飞机，他会以为那是一只巨大无比的钢铁怪鸟！

没错，正是这样，一切的事物，都是在我们认识到它的那一刻，它对于我们来说才是存在的。

其实神可以是很多东西，比如这张桌子，比如这座大楼，比如窗外飞过的某只蝴蝶，比如地上爬过的某只蚂蚁，都有可能是神的化身。你每天都看到、听到、接触到，只不过，你不知道它们其实是神罢了。

就像我此刻坐在你面前，写下这段话，医生，你怎么就能确定，我不是一个神呢？

虽然我是个修女，但我并不是来宣教的，因为我觉得任何的宣教都是没有意义的，我只是试图让你们了解神的存在，因为这是真相，如果你们连真相都无法相信，很抱歉，你们永远也无法领会到神意。

主治医生的批注：

妈妈人格似乎一直在回避那个问题，从头到尾，她都在宣扬神的存在，并没有提及那天她所看到的"可怕的东西"，哪怕只言片语。

"妈妈"的表现，让我感觉到了事态的严重性。

患者的主人格，马凯文，一定是出了什么大事。

但是，唯一能够为我提供线索的，只有妈妈人格，因为只有她去过所谓十一层。而她又对这个话题三缄其口。

所以，我一直都没能找到问题的答案。

不过，直到半个月后，船长人格的自白，引起了我的注意。

人格分裂手记

第四重人格：船长人格

姓名：不详

外号：船长

性别：男

年龄：35 岁

职业：水手

临床表现：幻想自己曾经出海打鱼，遇上暴风雨，从此对类似大海的开阔空间产生恐惧，有明显的旷野恐惧症。

呃……说老实话，这事说起来挺丢人的，我虽然是个船长，却对大海有恐惧，所以尽管有条渔船，却一直没有出过海。

马凯文一直没有出现，我们大家都很害怕。那天晚上的圆桌会议上，妈妈突然问我："船长，你那艘渔船还能用吗？"

我说："当然可以，怎么啦？"

妈妈说："各位，我有一个计划。"

大家便问是什么计划。

妈妈说："我们逃离这座大楼吧！"

我们所有人都乱了，因为从没有人离开过这座大楼，也没有尝试过离开，因为大楼外是一片海洋，我们不知道会在大海上遇到什么危险。

那是一种对未知的恐惧。

大家便问妈妈，该怎么离开这座大楼。

妈妈说："船长不是有艘渔船吗，我们出海！"

大家一听到出海两个字，都吓得没敢作声。

我说："非得出海不可吗？"

妈妈的表情变得很严肃，她说："如果我们不走，十一楼那个东西，会把我们都吃掉的！"

第一个病例：十重人格分裂者

我们都知道，妈妈在十一楼看到了可怕的东西，而那个东西极有可能与一直缺席圆桌会议的马凯文有关。

但是，妈妈始终不愿意说出那个东西究竟是什么。

妈妈道："总之，我们必须离开这里，不然我们可能都得死！"

我说："要走你们走，我留下来。你知道，我以前在大海上出过事，我怕……"

妈妈道："不行，这里只有你会驾船，你不能留下，必须跟我们走！"

看妈妈的态度，不像是在开玩笑，我吓得没敢继续说话，只能低着头保持沉默。

在妈妈的坚持下，我们进行了一轮举手表决。结果是，九个人，有六个表示同意。票数过半，也就是说，我们必须出海。

渔船就停在大楼外的码头上。

我一走出大楼，看到大海，就感觉一阵眩晕，当即就恶心得吐了。我想回去，可是在妈妈的胁迫下，我只得上了船。

当时是深夜，我们是撞着夜色出海的，大海上一片漆黑。我在船舱里，把控着船舵，让船一直朝着某一个方向开去。

船身摇摇晃晃的，我有些发呕，不过好在外面一片漆黑，视野并不开阔，所以我的恐惧感反倒没有那么严重了。

大概天刚蒙蒙亮的时候，海面上起了很大的雾，能见度很低。

突然，白雾中出现了一道巨大的黑影。

船身猛地一颤，我知道，船撞到黑影上了。

船身开始进水，我们几个立马下了船，泅水上了岸。这时，海上的迷雾散去了。我们惊讶地发现，矗立在我们眼前的那道高大的黑影，正是我们一直居住的那座大楼。

妈妈怀疑是我把船掉了头，我向她发誓，我一直朝着远离大楼的方向开船，根本没有改变过方向。

可是这船，却又开了回来。

船进了水，没一会儿就沉了。

我们也失去了离开这座大楼的唯一可能。

我知道，即便再给我们一百条船，我们也无法离开这座大楼。因为很明显，我们无论把船往哪个方向开，最终，都会回到原点。

<u>主治医生的批注：</u>

我的确被船长人格的描写震撼到了。他向我描述了一片永远也无法离开的意识之海，也向我描述了人格想要逃离，却最终回到原点的困境。

原来人格，也会想到逃逸。

如此看来，患者体内的每一重人格，的确都把自己当成了一个独立的个体。他们会为了活着，而做出前所未有的尝试。

如果按照笛卡儿"我思，故我在"的思想，那么，患者体内的十重人格，都可以看作不同的人，而不是一个个单纯的人格。

我突然陷入了一个伦理怪圈当中，如果，我把其中某一重人格消灭了，算不算是某种意义上的……杀人呢？

第五重人格：芭蕾舞人格

姓名：雪莉

性别：女

年龄：17 岁

职业：芭蕾舞演员

临床表现：严重的强迫症，喜欢做芭蕾舞的单腿直立旋转动作，每次

旋转，必须转满四小时才会停止。

医生，我就猜你一定很好奇，为啥每次我出现，都会不停地转呀转，不转够四个小时不会停下来。

你说我是强迫症，其实我真不是强迫症。

我呀，那都是被逼的。

你以为我想转呀？是有个人老拿鞭子抽我。我不转，他就拿鞭子抽我。你问那个拿鞭子抽我的人是谁呀？

嘿嘿，当然是我男朋友啦。我男朋友可帅可帅了。你可别误会，我男朋友可不是个施虐狂，他只是个陀螺爱好者。没错，他拿我当陀螺呢。

好啦，没什么好写的啦，我男朋友又来催我啦。

哎哟，他拿鞭子抽我了呢。

好啦好啦，我要开始旋转啦！

主治医生的批注：

一开始，我以为雪莉口中的男朋友是患者体内的又一重人格。

后来，我发现，患者体内并没有出现过"雪莉男朋友"人格。经过反复的测试和观察，我最终发现，所谓男朋友，只是雪莉这个人格幻想出来的一个不存在的人。这个人不属于患者十重人格的任何一个。

换句话说，所谓男朋友，很有可能是雪莉这个人格自行分裂出来的一个人格。

这个人格只属于雪莉，在其他人格身上不会得到体现，也不会掌握患者肉体的主控权。

人格分裂患者分裂出来的某个人格，也发生了人格分裂……

这听上去有些绕口，但事实的确如此。

这在世界精神病史上，都是罕见的。

雪莉并没有提到那次出海回来之后，大楼里的每一重人格都处于什么状态。很显然，她也在刻意回避这个问题。

但很快，我在"寄生虫"人格的自白当中，找到了线索。

第六重人格：寄生虫人格
姓名： 不详
外号： 寄生虫
性别： 不详
年龄： 不详
职业： 不详
临床表现： 从严格意义上来讲，这重人格并不能算作患有寄生虫妄想症，因为其症状与传统的寄生虫妄想症不同，传统的寄生虫妄想症患者会妄想自己的体内含有寄生虫，尽管经过医院检查，已经表明其身体没有感染任何寄生虫类疾病，但患者依然怀疑自己的体内含有寄生虫，并且会有浑身发痒、发痛的生理上的并发症状，而患者体内的这重人格，并不如此，实际上，他幻想自己就是一条寄生虫。

医生，其实你们搞错了，我并不是马凯文脑子里分裂出来的一重人格。我是真实存在的。

你还真别不相信，我其实是寄生在马凯文的身体里的。你可以把我理解为"寄生体"或者是"寄生虫"。

马凯文充其量只能算作我的一个宿主罢了。我从他的身体里汲取营养，以此存活下去。

你要问我是哪种虫子，我也不知道。不过根据马凯文其他几个人格的描述，我看上去就像是一枚巨大的行走的精子。

从精子的角度来讲，我应该算作男性？不过也说不好，我只是长得像精子，并不代表我真的就是精子。你可以把我想象成白色的蝌蚪，对，没错，白色的巨大蝌蚪，这样你就不会认为我的终极使命是与卵细胞结合了。

要说我是怎么进入马凯文身体里的，我也不记得了，那时我可能还小，对此没什么记忆。

不过也就在几年前吧，我突然意识到，我能够控制马凯文了，甚至能够进入他的精神世界。于是马凯文深信不疑地把我当成了他分裂出来的一重人格，但让我没想到的是，就连你们这帮精神科医生也做出了这样的错误判断，真叫人大跌眼镜。

话说，十一楼那玩意儿有那么可怕吗？我就不明白了，为什么能够把妈妈吓成那样？

出海的计划失败之后，我们算是彻底打消了离开这座大楼的念头。本来嘛，精神世界都是封闭的，我们除了在里面待着，还能去哪儿？难不成还能逃到别人的精神世界当中去吗？真是可笑。唉，看来妈妈也有被恐惧冲昏头脑的时候。

不过前几天的一个晚上，圆桌会议结束之后，妈妈把我给叫住了。散会之后，她单独和我聊。

妈妈神秘兮兮地问我："你害怕吗？"

我摇了摇头说："你都没告诉我那玩意儿是什么，我有什么好害怕的。"

妈妈道："敢去十一楼吗？"

我迟疑了一会儿，心说，这是要拉我入虎穴呀。

我就明知故问："去十一楼干吗？"

妈妈道:"我们俩,去灭了那东西。"

我感觉这像是要拉着我一块儿英勇赴死,于是道:"还是算了吧。"

妈妈道:"怕死啊?"

我道:"嗯。"

妈妈道:"如果不干掉那东西,我们都得死,你知道吗?"

我道:"话说,这么多人,你怎么偏偏找我呀?"

妈妈道:"因为你不是人。"

我道:"虫子怎么了?"

妈妈道:"我看得出,你对十一楼那东西没有恐惧感,所以,你和我去最合适,其他人反倒会拖我的后腿。"

我道:"你总得给我几天准备的时间吧?"

妈妈道:"那就星期六晚上,散会之后,你和我去十一楼,灭了那东西!"

我勉强答应了下来,不过话说今天就是星期六了,说实在的,我还真有点小紧张,不过,我也真的很好奇,十一楼那东西到底是什么。

主治医生的批注:

如果不出意外的话,寄生虫人格已经和妈妈一块儿去了十一楼。然而,那天之后,患者就一直处于昏迷状态。

我感到很紧张,因为我知道,可能是出事了。

患者的昏迷状态,一直持续了半个月的时间。

这段时间内,我们都很担心,患者会不会再也醒不过来,变成植物人了。

直到半个月后,患者终于醒了过来。而这个醒来的,是哑巴人格。

哑巴人格不会说话,但是会写。

于是我立刻给了他纸和笔,让他把所知道的写下来告诉我。

第七重人格：哑巴人格

姓名：不详

外号：哑巴

性别：男

年龄：22 岁

职业：手语教师

临床表现：丧失口语能力，却能以中文、英文、日文、韩文、法文等五国文字，进行流畅的书写。而这种精通五国文字的能力，是包括主人格在内的其他人格都不具备的。

妈妈和寄生虫失踪了！

整整半个月过去了，他俩都没有回来。我们所有人都不知道他们去了哪儿。圆桌会议也因为妈妈的缺席，停掉了整整半个月。

算下来，已经失踪三个人了。

最开始是马凯文，然后是妈妈和寄生虫。

现在，出席圆桌会议的，只剩下七个人。

昨天晚上，妈妈还是没有回来，我们决定不等她了，于是抽签选出了新的议长——杰克。

好了，有什么问题改天问杰克去吧，我太累了，就写这么多了。

我要好好歇会儿，求你了。

主治医生的批注：

从哑巴人格的自白当中，我找到了患者昏迷半个月的原因。

因为妈妈失踪了，没有人主持圆桌会议，所以就一直没能进行每天的人格抽选。

妈妈和寄生虫，到底去没去十一楼呢？

又或者说，他们在十一楼，遇到了麻烦，所以失踪了？

我的心里有了一个最坏的想法：妈妈和寄生虫这两重人格，被十一楼那个可怕的东西吃掉了。

第八重人格：赌徒人格
姓名：杰克
外号：赌徒
性别：男
年龄：33 岁
职业：赌徒
临床表现： 对扑克牌产生幻觉和莫名的自信，幻想自己是"牌灵"，能够随意改变扑克牌上的数字和图案。现实中，他果然也能够做到这一点。他曾经在澳门、拉斯维加斯以及大西洋城的赌场进行豪赌，一年时间内，豪取五百万美金。后多家赌场质疑其使用了高超的千术和算牌技巧，而将其列入赌场黑名单。

其实凡事若都那么纠结，不如大家伙儿坐下来赌一把。当然，请不要轻易和我赌，我是逢赌必胜的。

我敢打赌，妈妈和寄生虫根本就没去十一楼。

不过，你要问我为什么，抱歉，我只能告诉你，这是赌博的机密，不能告诉你。

反正论赌博，谁都赢不了我，要不然你以为我是怎么从七个人当中抽签抽中议长的？

甚至，每晚圆桌会议的抽签，只要我想，我都能抽中自己获得次日的肉体掌控权。但我并不想，有时候，我甚至还会避开。因为我被关在了这里，根本不想出现，出现就代表是出来承受肉体痛苦的。

不过，除非你们把我给放出去，顺便给我买张机票，送我去澳门或者拉斯维加斯，我保证天天出现，泡在赌场里不出来。

医生，咱俩做个交易怎么样？

你把我放出去，你跟着我，到澳门赌一把，我保证，赚来的钱我们五五分成，不出一个星期，你就可以成为百万小土豪啦，这可比你当医生赚钱来得容易多了。

你只需要每天坐在酒店房间里喝喝咖啡，看看电视，赌场的事，交给我来办。

我赌博，你放心嘛。

怎么样，医生，干不干？

主治医生的批注：

从杰克这里，我依旧没能了解到妈妈和寄生虫的去向。

杰克认为，妈妈和寄生虫根本就没有去十一楼。可是，我并不这么看，这次的赌博，杰克肯定输了。

因为，妈妈和寄生虫如果不是在十一楼遇到了麻烦，他们又会去哪儿呢？

人格分裂手记

第九重人格：画家人格
姓名：刘易斯
性别：男
年龄：40 岁
职业：画家
临床表现：认为自己的画作可以预言未来。

这份文件上，没有任何文字，只有一幅画，很显然，是刘易斯画的。

画中，一座大楼矗立在大海的正中央。

黑色海面上波涛汹涌，巨浪拍击在深灰色的大楼上，溅起白色的泡沫。

大楼一共十一层，在浅褐色的天幕下，随风销残，摇摇欲坠。

主治医生的批注：

很显然，刘易斯画中的那座大楼，极有可能就是患者精神世界当中的那座大楼。

刘易斯似乎是在预言，那座大楼，就要垮掉了。

第十重人格：爱丽丝人格
姓名：爱丽丝
性别：女
年龄：10 岁
职业：无

临床表现：爱丽丝梦游仙境症。

哈哈，我又从兔子洞里钻出来啦。

这个房间，跟上次比，变得更大了呢。

咦？这张桌子怎么变小了？

哎呀，这桌子越来越小啦。

呀呀呀，不对不对，是我越来越大了。我在变大！

哎呀呀，我要变成巨人了吗？

啊！

好疼！

我的脑袋撞到天花板了，疼死我了！

主治医生的批注：

该人格患有爱丽丝梦游仙境症，会产生幻觉，一切物体在她的眼中，可能都是非常态的。

比如，她会认为房间在不断地变大，自己睡的床在不断地拉长，地板也在不停地旋转，自己一会儿变成矮人，一会儿又变成巨人。

爱丽丝人格的年龄只有 10 岁，各方面心智并不成熟，所以，我并没有指望能够从她这里得到任何有价值的信息。

看完了全部的文件，我倒吸了一口凉气。窗外突然下起了暴雨，且越下越大。在潮汐般的雨水声中，我突然回过神来，其实我所读的十份文件，都是同一个患者写的，而我在阅读的过程中，却一度陷入了一种错

人格分裂手记

觉,我感觉,自己就像是在看十个不同的人写的文字一样。

我在笔记本上,将这十重人格简单地罗列了下来——

第一重人格:黄油猫人格

姓名,马凯文。性别,男。年龄,28岁。职业,工业设计师。

第二重人格:莉莉丝人格

姓名,莉莉丝。性别,女。年龄,15岁。职业,高中学生。

第三重人格:妈妈人格

姓名,不详。外号,妈妈。性别,女。年龄,42岁。职业:修女。

第四重人格:船长人格

姓名,不详。外号,船长。性别,男。年龄,35岁。职业,水手。

第五重人格:芭蕾舞人格

姓名,雪莉。性别,女。年龄,17岁。职业,芭蕾舞演员。

第六重人格:寄生虫人格

姓名,不详。外号,寄生虫。性别,不详。年龄,不详。职业,不详。

第七重人格:哑巴人格

姓名,不详。外号,哑巴。性别,男。年龄,22岁。职业,手语教师。

第八重人格：赌徒人格

姓名，杰克。外号，赌徒。性别，男。年龄，33岁。职业，赌徒。

第九重人格：画家人格

姓名，刘易斯。性别，男。年龄，40岁。职业，画家。

第十重人格：爱丽丝人格

姓名，爱丽丝。性别，女。年龄，10岁。职业，无。

一个星期后，我按照预约好的时间，再度来到了这家精神病医院，与这位多重人格症患者的主治医生喝了个下午茶。

我和他坐在医院后院的一处花园里，一边嗅着花园里的馥郁花香，一边喝着咖啡，吃着点心。

我道："那些文件我都看完了。"

医生端起咖啡喝了一口，又轻轻放下："什么感觉？"

我道："震撼。"

医生微微一笑道："我也这么觉得。"

我问："搞清楚了吗？"

医生道："什么？"

我道："那个可怕的东西，究竟是什么？"

医生摇了摇头说："还没，情况可能远比表面看上去复杂。"

我道："表面看上去已经够复杂的啦。"

医生苦涩一笑："是啊，的确很令人头疼。"

我问："那么，妈妈和寄生虫的去向弄清楚了吗？"

医生道："还没呢，这两重人格一直都没有再出现。也没有从其他人格那里打听到他们的消息。"

我们正聊着，身后突然传来了一连串兵荒马乱般的脚步声。

只见两名女护士朝我们冲了过来。

她们气喘吁吁地停在了我们面前。

其中一名女护士上气不接下气地道："郭……郭主任！郭主任！出事了！"

医生紧张起来，问道："出什么事了？"

那名女护士道："那个病人……那个病人……"

医生道："那个病人怎么了？"

护士深吸了一口气道："您还是过去看看吧！"

医生立马起身，朝住院部狂奔而去。我也起身，跟着追了过去。我跟着医生一路狂奔进了住院部大楼，然后顺着走廊一路朝尽头跑去。

只听见不远处的某间病房里，传来了痛苦的喊叫声。

我和医生马不停蹄地冲进了那间病房。

只见一个瘦骨嶙峋的男人被四名强壮的男护工面朝上强行摁在了一张特制的床上。

男人声嘶力竭地大叫着："救救我！救救我！快点救救我！"

他一边喊，一边竭力地反抗着。

只见两名男护工摁住他的四肢，另外一名男护工摁住他的脑袋，还有一名男护工抄起特制床两侧的约束套，将这个发狂的男人套在了里面，然后又将四条牢固的牛皮带扣上，将男人的整个身体死死地裹在了约束套里，只剩下一个脑袋露在外面。

男人还在约束套里不停地挣扎着。

一名女护士急匆匆跑进病房，掏出镇静剂，准备给他来一针，但是被医生拦住了。

只见医生走到床边，用手在那个男人的眼前晃了晃，然后说："看着我，告诉我，你是谁？"

第一个病例：十重人格分裂者

男人瑟瑟发抖，满头是汗，整个嘴唇都是乌青的，他不住地喊着："快救救我，快救救我，快救救我！"

医生的语气变得坚定，有一种胁迫感："告诉我，你是谁?！"

男人道："船……船长，我是船长！快！快救救我！快救救我！"

听到"船长"二字，我终于意识到，眼前这个病人，就是那位拥有十重人格的多重人格症患者。

医生道："发生什么了？"

船长还在不停地重复着："救救我！救救我！救救我！"

医生厉声道："告诉我！到底发生了什么?！快说！"

船长的声音在发抖："那个东西出来了！那个东西出来了！"

医生问："什么东西？"

船长道："十一楼的那个怪物！出来了！它要吃掉我们！它要吃掉我们！"

突然，这个男人开始哭了起来，像是一个女孩的哭声，紧接着，男人带着哭腔道："医生哥哥，快点救救人家，人家好害怕！"

医生一愣："莉莉丝？"

莉莉丝点了点头道："医生哥哥，快！快！快！啊——！"

莉莉丝尖叫起来。

突然男人的腔调又变了，发出神经质的笑："坏兔子！坏兔子！坏兔子要来吃我们了！坏兔子！坏兔子！坏兔子！"

医生面露恐慌："爱……爱丽丝？"

我被眼前的场面吓得直冒冷汗，人格！患者的人格在不停地转换，所有的人格都已经混乱了。

紧接着，患者开始胡言乱语，那声音像是很多个人的声音混在一起的，十分杂乱，根本听不清楚。

在医生的示意下，一旁的护士将镇静剂注入了患者体内。

半分钟后，患者的挣扎幅度逐渐减弱，最后终于陷入了沉睡中。

02 猪肉碎尸案

又见面了

时令已经进入深秋，天气格外寒冷。那天夜里，我独自一人喝了些威士忌，然后就倒在床上，酝酿睡意。

可是，那天我辗转反侧，怎么也睡不着，内心有些发慌，总感觉像是有什么事要发生。

窗外突然下起了雨，淅淅沥沥的雨声搅得人心神不宁。

不知怎的，我想起了那位患者，那位拥有十重人格的多重人格症患者。距离上次医院的事件，已经过去半年了。不知道那位患者，有没有从植物人的状态中复苏过来。

隐约间，我听见了敲门声，那敲门声一直持续着，愈来愈响。

我下了床，带着还未完全消散的酒意，摇摇晃晃地朝着玄关走去。然后，我拉开了门。

只见两名身着警察制服的男人站在门口。

第一个病例：十重人格分裂者

他们向我出示了证件，在确认了我的身份之后，他们对我道："能进去聊吗？"

我有些紧张，因为警察登门造访，还是头一次。

我让他们进了屋。

他们一位姓陈，一位姓黄。

我安排他们坐在沙发上，然后给他们倒了茶水。

陈警官道："最近市里发生的一个案子听说了吧？"

我一愣："什么案子？"

陈警官说："就是你两个月前报道过的那个案子。"

他说着，递给我一份报纸，报纸上正是我报道的那个案件。

我心里打起了鼓，难不成警方怀疑我与此案有关？

我连忙道："那个案子我只是简单地写了篇新闻稿……"

黄警官喝了口茶，抬了抬手道："方记者，不要紧张，我们这次来，就是针对这个案子，想请你帮忙。"

我有些云里雾里，我只是个记者，公安办案，干吗请我这么一个记者帮忙？

我问："帮什么忙？"

陈警官打开档案袋，从里面抽出一份文件递给我："签了它，然后跟我们走一趟。"

我只看见文件抬头上写着四个大字——"保密协议"。

这份协议前后大概有十五页，上面的字密密麻麻的，我还没来得及看，就在两位警官的催促下签了字。

然后，我就跟着他们下了楼，稀里糊涂地上了一辆警车。

两位警官坐在前面，陈警官开车，黄警官坐在副驾，而我，坐在后座上。

外面的雨下得更大了，砸在车顶上，噼里啪啦直响，犹如爆豆一般。

密集的雨流从车窗滑落,我看着窗外模糊而扭曲的街景,发现我们已经离市区越来越远了。

我有些局促不安,于是问道:"请问,这是去哪儿啊?"

黄警官冷冷道:"到了你就知道了。"

大约半个小时之后,警车在一座监狱前停了下来。这座监狱我曾经来采访过,突然,我似乎意识到了什么。

只见陈警官向守卫出示了证件,监狱的大门缓缓开启,警车撞破雨幕,稳稳地开了进去。

陈警官和黄警官领着我走进了监狱里的一间提审室,什么话都没说,就离开了。

我有些慌了,这难不成是要审我?

大概五分钟之后,我听见外面的走廊里,传来了脚步声。

脚步声在门口停了下来。

"进去吧,他就在里面。"只听见门外传来了一个疑似狱警的声音,然后,提审室的门被推开了。

只见一个穿着囚服,戴着手铐、脚镣的男人,从门外走了进来。

看到他,我并不感到惊讶,因为我大概已经预料到来这儿的目的了。

这个穿囚服的男人,在我跟前坐下,白色的灯光下,他的那张脸有些沧桑,但还是显得十分儒雅。

他率先开口道:"好些日子没见,过得还好吗?"

我耸了耸肩道:"挺好的,听说你减刑了?"

他点了点头道:"从死缓,减刑到了无期徒刑,其实都一样。对于我,或者对于所有人都一样,因为这个世界本就是假的。何必跟这些虚幻的东西过意不去呢?"

我道:"我不明白,为什么会有两名公安干警,大晚上的去敲我家的门,然后把我带到了这里,并且见到了你。"

他微微一笑道:"是我让他们找你来的。"

我问:"为什么?"

他道:"想你了。"

我一阵无语。

他清了清嗓子。"跟你开个玩笑,"然后他一本正经道,"和你两个月前报道过的那个案子有关。"

我道:"质监部门对市里上百家餐厅进行了突击检查,意外发现,有五家餐厅的猪肉存在问题。根据 DNA 检测,那些肉并不完全是猪肉。质监部门在肉里检测出了人类的 DNA。"

他道:"警方立即带走了这五家餐厅的全部人员,进行隔离审讯,最终发现,这五家餐厅的猪肉,全部来自同一个供货源。"

我道:"就在那批猪肉被质监部门查出问题的一个月前,有一个叫袁启发的农民到他们店里问他们是否需要猪肉。那五家餐厅的老板见这个农民开出的价格比市面上要便宜,就答应让他供货。可是,警方却怎么也找不到袁启发。这个供货的人,就这么人间蒸发掉了。"

他道:"两个月过去了,案件迟迟未破,社会上人心惶惶,警方的压力很大。我觉得他们也是病急乱投医,竟然找到了我。"

我道:"警方想请你协助他们侦破这个案件?"

他点了点头道:"他们觉得这个案件的凶手,和我当年的作案手法如出一辙,所以,他们觉得我也许能够帮助他们找到破案的方向。"

我道:"可你为什么要让他们找我来?我对你们这种精神变态的想法可不了解。"

只见他暧昧一笑道:"不,你很了解。你采访过那么多精神异常人士,我觉得,你会给这个案件的侦破提供帮助。"

我冷冷一笑道:"可我就不明白了,警方为什么这么听你的话,你说让他们找谁来,他们就立马去给你找来了?"

他道:"一个星期前,警方找到我,把全部的案卷材料都给我看了。我立马对他们说,袁启发根本不是那个凶手。因为这个凶手既然会在杀完人之后,把人肉混上猪肉供货给餐厅,供客人消化掉,说明这个人心思比较缜密,所以他绝对不可能亲自出面供货。我认为,那个叫袁启发的农民应该是为了贪图蝇头小利,被真凶利用了。至于袁启发的失踪,我猜多半是被凶手分尸了。果然,就在几天前,有渔民从河里打捞上一包碎尸,经过DNA鉴定,确认死者就是袁启发。我的分析如此正确,所以警方认为我就是那根救命稻草,当然是我说什么,他们就照办咯。"

那天晚上,我和他单独聊到很晚。

没错,他就是那个我在《梦游症调查报告》中提到的涉嫌梦游杀妻的厨师。

他的名字叫罗谦辰。

对疯子的审讯

连续一个星期,我们都在专案组里讨论案情,开各种会议。可是,案件的侦破却迟迟没有进展。

警方甚至开始考虑,将罗谦辰送回监狱去。

我们所有人都感到焦头烂额。

就在一切陷入僵局的时候,郊区一个派出所传来消息,称有一个叫洪冠明的男人自首,他声称自己就是这起碎尸案的凶手。

很快,这个叫洪冠明的男人,被移送到了专案组的审讯室里。

陈警官和黄警官对洪冠明进行了审讯。

我们坐在审讯室外,可以通过监视器看到里面的画面,并且听到里面的声音。

只见两位警官和洪冠明相对而坐。尽管隔着监视器屏幕,但是,审讯室里那压抑的气氛还是能够令在场所有的人都感受得到。

洪冠明是一个胖子，他瑟瑟发抖，一直低垂着头，看着桌面。他看上去十分紧张，且充满了恐惧，怎么看都不像是一个会干出碎尸这种事情的凶手。

而且，根据调查，洪冠明只是一个普通的钢铁厂工人。

我看出一旁的罗谦辰陷入了沉默当中，他将双手合十，顶在下嘴唇上。因为自首者的身份，与他之前所做出的判断严重不符。

罗谦辰最初判断，凶手可能是一个医生，拥有丰富的外科手术经验，并且有着极高的心理素质，才能够有条不紊、逻辑缜密地犯下这种高等的碎尸案。

不过后来，他又做出了截然不同的判断。

他注意到，碎尸肉块截面的切割纹路，很像是一个年轻的女性所为。警方甚至在这些肉块中，发现了几组奇特的样本，它们有的被切割成了桃心状，有的被切割成了三角形，而其中有几个，从轮廓上看，像是小动物的模样。

罗谦辰据此做出判断，凶手不仅是一个女性，而且还是一个心理年龄不超过13岁的年轻女性。

可是，审讯室里，这个叫洪冠明的男人彻底给了罗谦辰一记耳光，令罗谦辰意识到，他之前所做出的心理分析和判断，都是错的。

透过监视器屏幕，我们看见审讯室里，两位警官将一系列的碎尸照片都摆在洪冠明面前。

陈警官问道："这是我们在那五家餐厅搜集来的样本照片，我们的技术人员在这些样本里提取出了两个不同女性的DNA。我们现在想向你确认的是，我们的技术人员有没有漏掉一两个？"

洪冠明哆哆嗦嗦道："没错，就是两个。"

黄警官问道："你想清楚，真的只有两个？"

洪冠明点了点头。

陈警官问道:"你的动机是什么?你费尽心思,将两名女性杀死并碎尸,然后委托一位袁姓中间人,把这些碎尸混入猪肉当中,卖给餐厅。你这么做是为了毁尸灭迹,可是,你又为什么要来自首呢?前面做的这一切,不都白费心思了吗?"

洪冠明道:"我很害怕。"

黄警官冷冷地笑道:"害怕被抓?"

洪冠明道:"我干了这些事情,但是,我不太确定。"

陈警官道:"等一下,等一下,我没听明白,什么叫你干了这些事情,而你又不太确定?合着,你不知道自己干没干啊?"

洪冠明的眼神看上去很是绝望,他道:"该……该怎么说呢?呃……我主观上,没想那么干。"

黄警官冷笑道:"你不会是想说,你当时被人控制了吧?"

洪冠明不置可否,他的身体抖动得厉害,看上去十分害怕:"我也……我也不知道,我也不知道该怎么去形容。那感觉……那感觉,就像是,就像是在……梦游……"

听到"梦游"二字从洪冠明口中说出,我突然一怔。

身旁的罗谦辰看了我一眼,然后对一旁的一位警司道:"可以让我和方记者进去与洪冠明聊两句吗?"

只见那位警司犹豫了一会儿,然后和身旁的同事耳语了几句,便朝审讯室走去,敲了敲门。片刻之后,黄警官和陈警官从审讯室里出来,他们商量了大概一分钟,同意了罗谦辰的请求。但我们必须在一名警官的陪同下进入审讯室。

我和罗谦辰在陈警官的陪同下,进入了审讯室,坐在了洪冠明的对面。

洪冠明大概是看到这次来了三个人,显得更加紧张了。

陈警官对洪冠明道:"别紧张,继续说。"

洪冠明点了点头，然后说道："我一直单身，一个人住，有时候会忍不住有些寂寞。那天，厂里刚好把拖欠了四个月的工资一次性给结了，我手里有俩钱，晚上就憋不住。我们那栋公寓楼，有很多发小卡片的，我就照着他们发的小卡片上面的电话打了过去，叫了俩小姐过来。"

陈警官问："那大概是什么时候？"

洪冠明说："两三个月前吧，当时那俩小姐来了，我们就一起那个了，然后就一块儿睡过去了。可是第二天……第二天早上醒来，我发现自己浑身是血地躺在床上，地板上也都是血。我循着血迹走进卫生间……结果看到……看到……"

陈警官道："看到你把那两个受害人分尸了。然后，你联系了袁启发，骗他说你有猪肉要出售，答应给他好处，让他当中间人，帮你把这批所谓猪肉卖给了那几家餐厅。"

洪冠明拼命地摇着头道："我不知道，我不知道。我根本就不确定是不是我干的！因为，我什么都不记得了。但是，我觉得，应该是我干的。我感觉，自己应该是梦游了。"

我问："你以前有过梦游的症状吗？"

洪冠明摇了摇头道："没有。不过，不知道从什么时候开始，好几个月以前吧，我家里突然陆陆续续多了一些毛绒玩具，我觉得是我弄回去的，可是，我根本不记得了，也不知道为什么要弄这么多毛绒玩具回去。"

我陷入了思考。

突然，我身旁的罗谦辰说了句："出来吧。"

我们所有人都有些疑惑地看着他。

只见罗谦辰对着洪冠明道："出来吧！"

洪冠明一脸木然地看着他道："什么？什么出来吧？"

罗谦辰猛地一拍桌子，大吼道："出来啊！我知道你在里面！别躲躲藏藏的，出来啊！出来！给我滚出来！"

我被吓了一跳，以为罗谦辰精神失常了。

片刻之后，我看到洪冠明的身体开始剧烈地颤抖起来，不一会儿，他开始笑，是那种小女孩一般的坏笑。

他抬起头，直勾勾地看着我们，眼神完全变了，没有了之前的惧色。

他吐了吐舌头，不停地重复道："坏兔子，坏兔子，坏兔子！坏兔子就应该被吃掉！坏兔子！坏兔子！"

坏兔子？

我突然回想起半年前在那家精神病医院的情形，不禁念出了那个名字："爱丽丝……"

只见眼前，洪冠明看向我，眼神发出瘆人的光，他如同小女生一般歪了歪脑袋，然后道："你怎么知道我的名字呀？哈哈哈哈，看来你也是坏兔子！坏兔子！坏兔子！"

罗谦辰对陈警官说了句："他有人格分裂症。"

洪冠明在审讯过程中突发人格分裂，被两名警察强行拽离。

而我，则呆呆地坐在原地："不可能的。"

罗谦辰问我："什么不可能？"

我道："她，不可能是爱丽丝！"

人格迁移

在我的建议下，洪冠明被转送到了郭跃明医生所在的那家医院的精神康复科进行看护治疗。

郭医生亲自接手了这位患者的诊疗工作。

经过他的初步诊断，洪冠明的确患有人格分裂症。

在诊断期间，郭医生发现，洪冠明体内一共分裂出两个人格，一个是他的本格；另一个，是一个女性人格，并且心理年龄不超过13岁。

看来，罗谦辰的分析其实并没有错，目前看来，将那两名女受害人分尸的行为，是洪冠明体内的这个女性人格干出来的，而且，是一个十分年轻的女性。这与罗谦辰的分析十分吻合。

洪冠明体内的人格转换十分不稳定，毫无规律可言，这是一种非常危险的状态。这说明他体内的人格已经失控了。

而令郭医生大为惊恐的是，在诊断过程中，洪冠明突然转换出了女性人格，并对着他说了这样一句话："医生，好久不见了。"

郭医生一惊，道："你见过我？"

没想到那个女性人格却发出令人毛骨悚然的笑："坏兔子！坏兔子！坏兔子！"

郭医生彻底怔住了，他似乎有些喘不过气来，转身离开了诊室。

走廊里，我见郭医生从诊室里出来，脸色有些不对头，于是上前问道："怎么了，情况怎么样？"

郭医生大口大口地喘息了好一会儿，然后道："你说得没错，太像了！"

我道："爱丽丝？"

郭医生拼命地点头道："不光如此，这个人格，好像认识我！"

我道："洪冠明以前见过你吗？"

郭医生道："没有，我从未见过这个人。但是，他分裂出来的这重女性人格，简直就像是，就像是……"

我道："就像是从那位十重人格患者的脑子里迁移过来的。爱丽丝搬家了，从那位患者的脑子里，搬到了洪冠明的脑子里。"

郭医生摇了摇头道："这很奇怪，你知道吗？我感觉，洪冠明脑子里的这个爱丽丝，和那位患者脑子里的爱丽丝，是同一个！"

我道："可是，不可能是同一个，不是吗？人格，怎么会从一个人的脑子里，跑到另一个人的脑子里？"

"怎么不可能？"

不远处，传来了一个熟悉的声音。

只见罗谦辰在黄、陈二位警官的看管下，朝我们走了过来："方记者，你忘了我曾经对你说过的话吗？"

我看着他的双眼，似乎领会到了他的意思："你曾经说过，意识可以脱离肉体，独立存在。"

罗谦辰露出了绅士般的笑容，那笑容看上去很迷人，他道："人格，就是意识。所以，人格是可以脱离肉体的。既然人格可以脱离肉体，那么，侵入另外一个肉体当中，也不是没有可能。"

站在一旁的黄警官冷冷一笑道："你这听上去就像是在说灵魂出窍，鬼附身之类的。封建迷信害死人。"

罗谦辰耸了耸肩道："黄警官，我不奢求你懂我，总之，有人能懂我就已经足够了。"

他说着，看向我。

我说道："你的意思是说，爱丽丝人格，逃离了那位患者的肉体，跑到了洪冠明的精神世界里？"

罗谦辰说道："你懂我。"

黄警官哈哈大笑道："简直胡扯！郭医生，我想，你也很有必要给这个厨子做一个周密的精神鉴定。"

陈警官说道："老黄，别这么说话，我们是请人家来帮我们办案的。"

黄警官呵呵一笑道："办案？从头到尾这个姓罗的除了装神弄鬼跳大神，起到什么至关重要的作用了？也不知道上头是哪根筋搭错了，把这么一个疯子从监狱里调出来，还协助办案？可笑！"

黄警官说完，转身离去。

陈警官尴尬地笑了笑，对罗谦辰道："别管他，他这个人就这样。"

罗谦辰没有回答陈警官，他看着黄警官离去的方向。隐约间，我似乎看到，他的嘴角，挂上了一丝说不明意味的微笑。

第一个病例：十重人格分裂者

郭医生领着我们去了重症监护病房，在病房里，我们看到了那位十重人格患者。此刻，他依旧处在深度昏迷当中，生命全靠输液软管里不断注入他体内的营养液维持。

郭医生叹了口气道："都半年多了，这位患者还是没能醒过来，一直处在植物人的状态。"

我看着这位患者，他的胸部还在跟随着呼吸有节奏地一起一伏，便不禁想，他身体里的那十重人格，全都已经死了吗？

又或者说，他们，全都逃出去了？

失踪者与归来者

那天傍晚，我回到家，又喝了点酒。不知道为什么，自从和女朋友分手之后，我就有了每晚饮酒的习惯。

然后，我躺在床上，带着无穷的疑问，进入了梦中，在接近子夜的时候，被一通急促的电话铃声惊醒了。

五分钟后，我冲出了家门，开车马不停蹄地赶往专案组办公大楼。

赶到的时候，已经是凌晨一点钟了。

陈警官一脸严肃地把我叫进审讯室里问话。我得知，黄警官于昨天晚上十点半，被加班归来的妻子发现死在了客厅里。陈警官给我看了现场照片，照片中，黄警官仰倒在客厅的地板上，胸口的心脏部位被深深地插入一把水果刀。

陈警官道："水果刀是黄警官和他的妻子平常用来削水果用的，而我们在水果刀的刀柄上，不仅仅发现了黄警官和他妻子的指纹，还发现了另外一个人的指纹。"

我问："谁的？"

陈警官道："在你从家里赶来的这段时间里，我们的技术人员已经得出了指纹比对结果。水果刀上面那个第三者的指纹，是罗谦辰的。"

我一怔："不可能吧，一定是误会了。"

陈警官道："罗谦辰一直住在我们安排的酒店房间里，由三名警员严格看管。我们打了那三名警员的电话，并没有接通，于是又打了那个房间的电话，没人接，便让酒店的工作人员上去看看。结果，他们发现，那三名警员全都死在了房间里，他们被人用钢笔扎破了颈部的大动脉，现场一片狼藉，有十分明显的搏斗痕迹。而罗谦辰，失踪了。我们让酒店调取监控，却得知，监控线路被人提前蓄意破坏。"

我呆呆地坐在那里，不发一语，因为此刻，我不知道该说些什么。

陈警官道："罗谦辰有去找过你吗？"

我摇了摇头。

陈警官道："那么，他有没有给你打过电话，或者发过短信之类的？"

我摇了摇头。

陈警官道："你回家之后，有出去过吗？"

我道："没有，我回去后，喝了点酒就躺下睡了。"

陈警官问："谁能证明？"

我道："楼道里有监控录像，你们可以去小区调。"

陈警官笑了笑说："我已经派人去了。"

半小时后，陈警官接到电话，警方已经在我所居住的小区调到了监控录像，录像证明，案发前后那段时间，我一直在家里，没有出去过，也没有人去过我家。由此，陈警官消除了对我的怀疑。

罗谦辰的失踪，无疑令警方上下都为之震动，所有人都认定，罗谦辰就是杀害黄警官和那三名警员的凶手。很快，公安部门就下达了一级通缉令，全国通缉罗谦辰。

碎尸案的凶手，已经确定为洪冠明，所以这个案子算是结了。警方全部投入缉捕罗谦辰的工作当中。

而我，也因此离开了专案组。

第一个病例：十重人格分裂者

罗谦辰失踪的一个月后，我突然接到了郭跃明医生打来的电话。电话中，郭跃明告诉我一个令人兴奋的消息——

"那个患者，醒了！"

我立马前往那家精神病医院。郭跃明领我到病房，在病房里，我见到了那位醒来的患者。只见他躺在病床上，目不转睛地盯着天花板。

郭医生道："患者是两天前醒的，但一直不说话，就这么盯着天花板，一动也不动。"

我道："哑巴人格？"

郭医生摇了摇头说："不太像。哑巴人格虽然不说话，但是，你给他纸和笔，他能给你写出一部小说来。而患者目前的状况是，人虽然是醒了，但是身体却不能动。怎么说呢？就类似于鬼压床，意识已经苏醒了，但是身体还没有醒来。不过这很正常，毕竟昏迷了半年多，肌肉也都发生了小幅度的萎缩，需要时间来恢复，应该很快就会好转。"

那天中午，我和郭医生在医院的食堂里吃饭。他告诉我，请我来的目的，其实是让我针对这位患者的苏醒写一篇报道，登在报纸上，给医院做个宣传。

饭还没吃完，就有一名护士跑了过来。

护士道："郭主任！郭主任！那位患者，他，说话了！他说他想见您！"

我和郭医生立马放下碗筷，朝病房冲去。

病房里，只见患者已经从床上坐了起来。他的身躯看上去骨瘦如柴，仿佛轻轻一碰，就会散架。

郭医生冲到病床前，急切地问道："你是谁？告诉我，你是谁？"

患者抬眼看着郭医生，片刻之后，他缓缓道："我是妈妈。"

令我和郭医生都没有想到的是，这个醒过来的人格，竟然是之前失踪的妈妈人格！

郭医生问道:"到底发生了什么?其他的人格还好吗?"

妈妈摇了摇头说:"上帝已死。"

郭医生一愣:"什么意思?"

妈妈道:"大楼里,只剩下我一个人了。"

郭医生问道:"告诉我,到底发生了什么?那些人格都去哪儿了?"

妈妈摇着头道:"我不知道。"

郭医生不依不饶:"那为什么你还在?"

妈妈道:"因为我躲起来了。"

郭医生道:"那么寄生虫呢?他和你一起去了十一楼吗?"

妈妈点了点头。

郭医生道:"寄生虫还活着吗?"

妈妈道:"他死了。"

郭医生道:"可是你还活着。"

妈妈道:"寄生虫救了我,可是他却没能活下来。"

郭医生问道:"他是怎么救你的?"

妈妈道:"他用自己吐出来的丝,做了个茧。他把我裹在茧里,从十一楼的阳台扔进了大海里。而他,被那个可怕的东西吃掉了。我在茧里沉睡了很久,当破茧而出,回到大楼里的时候,我发现其他人都不在了。就连那个可怕的东西也不在了,我不知道他们去了哪儿。"

郭医生道:"那个可怕的东西……到底是什么?是一只类似于猫的东西吗?"

妈妈一脸疑惑:"猫?为什么会这么问?"

郭医生道:"马凯文在自白中说他要变成一只猫。"

妈妈道:"没有猫,准确地说,也没有马凯文。当时马凯文已经死了。他被杀掉了。"

郭医生道:"杀掉他的,是你口中的那个……可怕的东西吗?"

妈妈不置可否道:"我也不清楚。"

郭医生道:"那个可怕的东西,到底是什么?"

妈妈道:"我忘了。"

03　第十一重人格

审判

几个月过去了，还是没有罗谦辰的消息。很快，我从郭跃明那里得知，马凯文出院了。

不过我们都知道，马凯文的肉体里，已经不是马凯文自己了，而是他分裂出来的一个被称作"妈妈"的人格。

在关于洪冠明杀人分尸案的一审开庭之前，为了慎重起见，法庭特地从国外请来了更为权威的专家对洪冠明进行长达一周的人格测试。

在高强度的测试中，洪冠明终于坚持不住，松了口，整个案件都发生了惊天的大逆转。

原来，洪冠明根本就没有多重人格症，所有的一切都是他的精心伪装。

关于爱丽丝的情况，是他从一本杂志上看来的。

那本杂志上曾经刊登过一篇文章，文章讲的是一位十重人格患者，文章中详细地介绍了这位患者每一重人格的状态。而这篇文章的作者，正是这位患者的主治医生郭跃明。

那天晚上，洪冠明因为嫖资纠纷，失手杀害了那两名女受害人。为了掩盖罪行，他将两名受害人分尸，然后从屠宰场购买了大量的猪肉，将这两名女受害人的尸块混进猪肉中，并用绞肉机加工成肉馅，低价出售给餐厅。可哪料遇到质监部门对城市食品安全进行突击检查，导致东窗事发。于是在重压之下，他决定自首，假装多重人格分裂，意图借此逃脱法律的制裁。

洪冠明承认，之所以冒充爱丽丝人格，是因为爱丽丝人格最容易伪装，因为这重人格精神比较混乱，且心理年龄较低，可以掩盖掉很多对细节问题上的不足。

最终，洪冠明一审被判死刑。洪冠明上诉，二审维持原判。

精神突变

很快，我得到消息，马凯文在家中挥刀自宫了，他亲手把那家什扔进了马桶里，冲掉了，然后自己打电话报了急救。

后来，马凯文又被送进了精神病医院接受治疗。

当我在那家医院采访他时，他告诉我，他根本就不是"妈妈"，而是马凯文本人。

马凯文道："妈妈早就死了，除了我之外，所有的人格都死了。"

我道："可是那天醒过来的……"

马凯文道："那天醒过来的，根本就不是妈妈，她骗了你们！"

我问："不是妈妈？那会是谁？"

马凯文道："我妻子。"

我一怔："你说什么？你妻子？你妻子怎么会在你的精神世界里？"

马凯文道："由于我对她的长期的想念，以及对她的深深的愧疚，在我毫不知情的情况下，我竟然有了第十一重人格。"

我道："第十一重人格？"

马凯文点了点头道："没错，第十一重人格，就是我的妻子。"

我道："可是，为什么那天醒过来的是她，而不是你？"

马凯文道："她把我锁起来了。我没有钥匙，被困住了，没办法出来。"

我问："其他的人格到底是怎么死的？"

马凯文道："就是她把其他九重人格全都杀掉了。"

我这才意识到，原来，妈妈在自白中提到的那个可怕的东西，是马凯文分裂出来的妻子人格。

我道："她为什么要那么做？"

马凯文道："因为仇恨。"

我道："可她最应该恨的其实是你，为什么马凯文人格还活着？"

马凯文指了指自己下面："因为这个。我妻子已经走了，现在这具肉体里，只剩下我了。她要让我独自一人承受肉体上的痛苦。这就是她的报复。"

我道："你妻子并没有报复你，这所有的一切，都是你自己在跟自己过不去。你妻子早就已经死了，面对现实吧。"

郭跃明对此做出的心理分析是：马凯文的妻子人格，其实正是他潜意识里对自己的怨恨幻化而成的。无论是哪一重人格杀掉了他的妻子，都不重要了，因为这些人格，全都是马凯文的一部分。无论是谁杀掉了他的妻子，都可以看作是马凯文本人干的。

所以，马凯文最恨的，是自己，但是，他又不愿意承认这一点，所以在潜意识里分裂出一个新的人格——妻子人格，来对自己的杀妻行为做出惩戒。妻子人格，并不是他妻子，而是他内心对妻子之死倍感愧疚的映射。或许只有这么做，马凯文内心的愧疚感才会得以减轻。

尾声

"对了，有件事情，我一直没敢说，现在，我妻子既然已经离开了，我不妨告诉你吧。"马凯文突然道。

我一愣："什么事情？"

马凯文道："有人逃出去了。"

我没听明白："什么？"

马凯文道："有一重人格并没有被我妻子杀掉，那重人格逃出去了。"

我立马问："是谁？"

马凯文摇了摇头道："我也不清楚。不过，我妻子说，她已经找到办法，把那个逃出去的人格干掉了，我很抱歉。"

但我并不明白，马凯文的话到底是什么意思。

直到一个多星期后，我和郭跃明医生共进午餐的时候，我们突然聊到了关于马凯文的事情。

郭医生道："其实当时马凯文的人格分裂被诊断为痊愈出院之后，他又回来找过我。"

我问:"他来找你干吗?"

郭医生道:"他说他想见一见洪冠明。"

我道:"见洪冠明干吗?"

郭医生道:"他说他看到新闻报道,洪冠明的体内有一重人格很像他体内曾经分裂出的爱丽丝人格,他对此很感兴趣,想见一见洪冠明。"

我道:"你同意了?"

郭医生点了点头道:"当时洪冠明还在我们院里接受看护治疗,但情况很稳定,所以,我同意让马凯文见他一面。不过,有一点特别奇怪。"

我道:"哪里奇怪?"

郭医生道:"洪冠明一见到马凯文就很害怕,我能从洪冠明的眼神当中看出他的那种慌乱。当时马凯文站在病房门口,什么也没说,他就冲着病床上的洪冠明笑了笑,就转身离开了。结果不久后,洪冠明竟然主动承认,自己假装多重人格分裂,实际上是为了逃避法律制裁,于是被判处了死刑。"

第二个病例：

梦中杀人

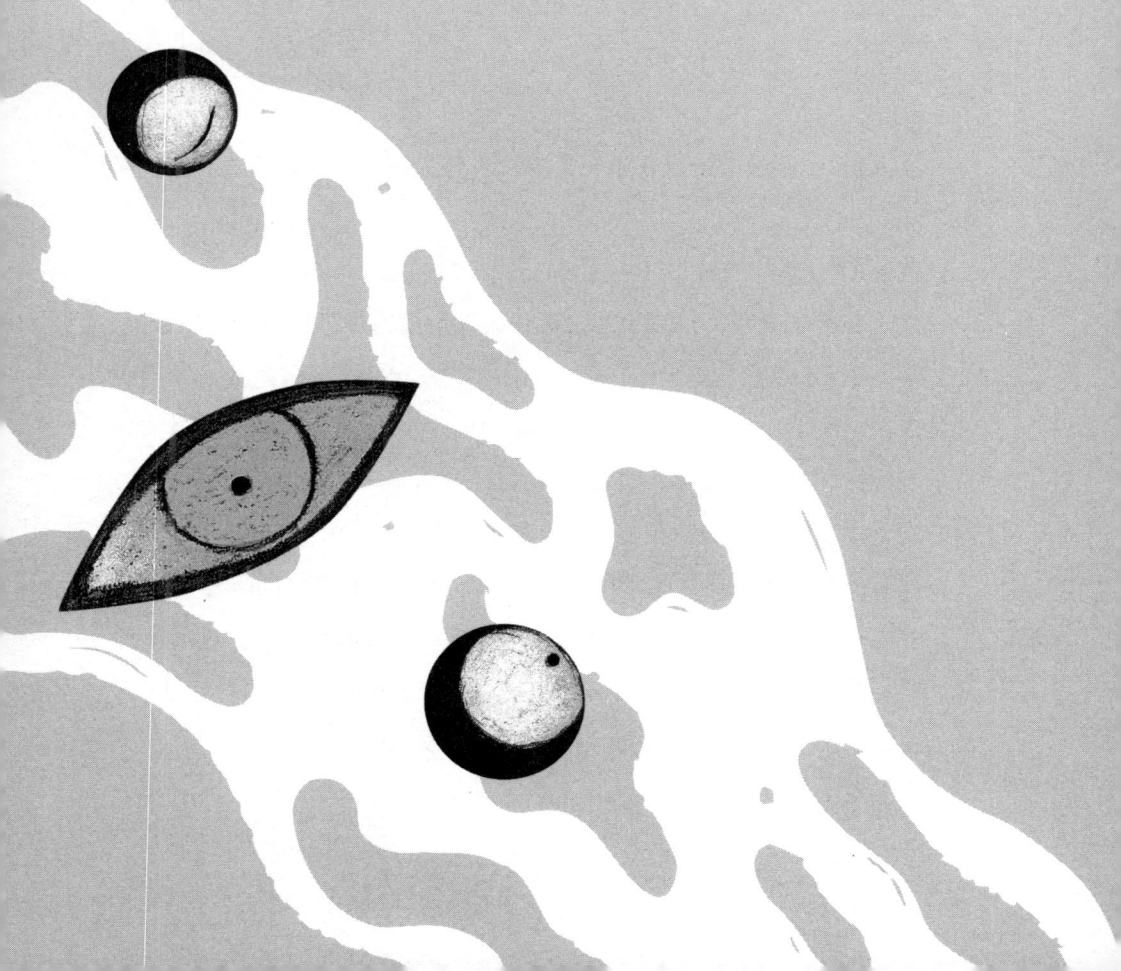

引子

　　女人道："我最近一直在做一个梦，我感觉……自己好像被困在了那场梦里。"

　　我问："什么样的梦？"

　　女人皱起了眉头，用右手的食指和大拇指用力捏了捏鼻梁，然后道："我梦见自己走进了一座大楼，嗯……如果我没记错，应该是我大学图书馆的老楼，那座大楼在我毕业后不久就拆掉了。"

　　我问："你大学毕业多久了？"

　　女人想了想，回答道："呃……十年了吧。"

　　我道："已经过去这么久了啊？这十年来，你一直都梦到那座大楼吗？"

　　女人摇了摇头道："说来也奇怪，十年来，一直都没有梦到过那座大楼，可是就在最近，我开始梦到它，并且被困在了里面。"

　　我道："在大楼里走不出去？"

　　女人点了点头。

第二个病例：梦中杀人

我道："我有时候也会这样，梦见自己走进了某个熟悉的环境，比如自己曾经的学校，曾经的公司，甚至是自己家里。我会梦见自己一直在找出路，但是，却一直在某个特定的地方兜圈子，怎么也走不出去。"

女人道："对对对，就是这样，那感觉很累，不是吗？我是说，那种真切的累，尽管是在梦里，但是依旧能够真实地感受到那种疲惫感。"

我道："嗯，是很累。"

女人道："我梦见自己顺着大楼的阶梯往上爬，爬到一半的时候，我意识到，我一直在阶梯上不停地兜圈子。"

我道："你不是一直在往上爬吗？"

女人道："对呀！"

我道："那你为什么会兜圈子？"

女人道："我也不知道啊，那阶梯是螺旋状的，那种四边螺旋，很奇怪不是吗？我一直在往上爬，可是却不断地回到原点。"

我道："彭罗斯阶梯？"

女人愣了一下道："什么？"

我道："从你的描述上看，你梦中的螺旋阶梯，很像是彭罗斯阶梯。"

女人道："哦，管他呢！我出不去啊，很累很累，在你说的这个什么彭罗斯阶梯上，爬了好久，就是爬不上去，陷入了无限死循环中。"

我问："那后来呢？"

女人道："后来……我意识到这是一个梦。既然被困在了楼梯上，我也不打算往上爬了，反正也爬不上去。"

我道："那你怎么办？这样上不去也下不来的，总不是办法。"

女人道："你傻呀，这不是个梦吗。我可以从楼梯上跳下去呀。"

我道："跳楼？"

女人道："没错，反正是在梦里，跳下去又不会死，只会醒过来。"

我道："嗯，这是个好办法。"

女人道:"可是,我却一直在坠落。"

我道:"一直在坠落?"

女人道:"嗯,一直在坠落,好像永远也坠不到底。"

我道:"所以,你在每天晚上的梦里,都在坠落?"

女人道:"是啊,就这样在梦里坠落了一个多星期呢,蹦极似的,一开始挺刺激的,可是时间长了,也挺无聊的。"

我道:"一般在梦里坠落,不是都会立马醒来吗?"

女人道:"对呀,一开始是这样,可是时间一久,就对这种坠落感习惯了不是吗?就不会立马醒来了。"

我若有所思地点了点头。

女人接着道:"不过,就在刚才,就在刚才的梦里,我坠落到底了。哈哈,终于坠落到底了。"

我道:"于是你从我的沙发椅上醒了过来,你一进来就开始睡觉,睡了大概一个半小时。"

女人道:"我梦到我前男友了。"

我道:"前男友?你不是在坠落吗?"

女人道:"是啊,我不是说我坠落到底了吗?"

我道:"嗯,可是,这跟你前男友没什么关系吧?"

女人道:"我坠落进了一个房间里,睁开眼,我的前男友就坐在我面前,陪我聊天。"

我道:"你和他是怎么分手的?"

女人道:"他死了。"

我道:"啊,对不起。"

女人道:"没什么,习惯了。"

我道:"不知道方不方便问一下,他是怎么死的?"

女人道:"跳楼自杀。他从图书馆的螺旋梯上跳了下去,摔死了。"

第二个病例：梦中杀人

我终于可以理解这个女人为什么会做这个梦了，这是她对她死去男友的怀念，于是在梦里把自己困在了过去的回忆当中。

女人道："好啦，我也睡够啦，该走了。"

我道："你还会做这个梦吗？"

女人笑了笑道："应该不会了吧，我都坠落到底了，应该已经从这场梦里走出来了，再见。"

女人说完，起身，推开门离去了。

我坐在椅子上，回想着女人的话，突然，我看到对面的沙发椅上，她的手机落在了那里，于是立马捡起手机，推开门追了出去。门外是一座螺旋向上的阶梯，女人的身影消失在了阶梯的拐角，我三步并作两步冲上了阶梯，却发现，自己无论怎么向上爬，最终都会回到原点。我意识到，自己被困在了彭罗斯阶梯中，这很明显只是一个梦。于是，我翻过阶梯的护栏，向下纵身一跃。经过漫长的坠落之后，我终于坠落到底了。我缓缓地睁开眼，只见一个女人坐在我面前，冲着我微微一笑。

我道："我最近一直在做一个梦，我感觉……自己好像被困在了那场梦里。"

女人问："什么样的梦？"

01 共享梦境

对老大的采访

眼前这四个男人，长得一模一样，没错，他们是四胞胎。为了将他们四个人区分开来，医院给他们穿上了不同颜色的病号服。老大是白色，老二是黑色，老三是蓝色，老四是橙色。他们每一个人左手的手腕上，都佩戴手环，手环里安装了GPS定位系统，不可拆卸，只有用特殊的密钥代码才能解开。

他们因轮奸罪被警方逮捕，却在精神鉴定中，被集体诊断出患有严重的精神疾病，于是被送到了这里。

接下来，郭跃明医生对他们进行了隔离，把他们请进了不同的房间，让我对他们逐一进行单独的采访。

我首先采访的是四胞胎中的老大。

我道："报告里说，你们四兄弟最近一直在做同一个梦。"

老大点了点头道："准确地说，我们共享着同一个梦。"

第二个病例：梦中杀人

我道："其实这令人感到难以理解，或者，令人难以相信。你知道吗？尽管一直以来，都有一些侧面的事例表明，双胞胎之间存在着某种心灵感应，当然，你们是四胞胎，我不否认你们之间可能存在着某种默契，但是你知道的，梦来自大脑，每一个人的大脑都是分开的，独立的，每一个人的梦境也应该是独立的，不可能共享。"

老大耸了耸肩道："你怎么就能确定，梦一定来自大脑呢？"

我道："如果梦不来自大脑，又来自何处呢？"

老大淡淡道："我不知道。但我并不认为梦的产生一定和大脑本身有关，或许只是我们的大脑感应到了某个来自外界的刺激，在这种刺激下，我们的大脑与某个不为人知的世界发生了感应，于是产生了梦。"

我道："你的意思是说，大脑，可能只是一个梦境的接收器？"

老大点了点头道："没错。正是这样。梦，并不产生于大脑本身，而是来自大脑之外。"

我不太想和他探讨这种无意义的问题，于是道："回到之前的话题。"

老大挠了挠头道："不好意思，我最近记性有些不大好，请问是之前的哪个话题来着？"

我道："你们四兄弟，在反复共享着同一个梦。"

老大道："啊，这个啊。其实，我要纠正一下，我们四兄弟并不是反复地做同一个梦。你的意思一定是说，这个梦是不断循环重复的对不对？"

我点了点头。

老大道："其实并不是那样，这个梦，是延续的。"

我道："就像一部电视连续剧？"

老大道："不，用电视连续剧来形容并不准确，准确地说，这场梦，就像是另外一种现实。"

我道："另外一种现实？"

老大道："那感觉该怎么去形容呢？呃……这么来说吧，当我们在现实中睡着时，一般来说，就会进入梦里对不对？"

我点了点头。

老大接着道："你是如何从梦中醒来的？"

我道："每天睡够了，自然而然就醒了。"

老大道："除此之外呢？"

我道："我在梦里死了，或者在从某个高空坠落，或者是在梦里遇到了什么恐怖到足以令我受到惊吓的东西……这些都会令我醒来。当然，外界的刺激也会令我醒来，比如被闹钟闹醒，被楼上装修的噪声吵醒。"

老大道："嗯，这是一般人从梦里醒来的方式。"

我问道："那么，你们四兄弟的梦里，该用什么方式醒来呢？"

老大道："睡一觉。"

我没听明白："什么？"

老大道："在梦里，睡一觉，便会醒来。"

我道："就像在现实中睡一觉那样？"

老大点了点头道："没错。"

我道："我似乎理解了你的意思。在现实中，我们进入梦境的唯一方式，就是陷入沉睡，当我们睡着后，也就入梦了。而在你或者说是你们四兄弟的梦中，同样也需要睡着，才能够进入现实，也就是说，从某种程度来讲，现实，成为你梦境世界里的一场梦。"

老大道："没错，除非是受到外界的刺激，正常情况下，我们想要从梦中醒来，就必须在梦中睡着。所以我说，我们四兄弟的梦，就像是另外一个现实。现实与梦，梦与现实，在我们看来，二者都可以是梦，也都可以是现实。"

我突发奇想，便问道："既然那场梦可以被认作现实，那么，如果在那场梦里死掉会怎样？"

老大定定地看着我道："什么意思？咒我死啊！"

我尴尬一笑道："不不不，我不是那个意思啊。我是说，你看啊，一般人在梦里死掉，就会醒来，但是你们的梦不一样，你们的梦近乎现实，人在现实中死掉，就是真的死掉了，所以，我的意思是……"

老大道："你的意思是，我们如果在那场梦里死掉，会不会真的就死掉了？"

我尴尬地点了点头。

老大若有所思地摸了摸下巴，仿佛是我的话启发了他什么。片刻之后，他摇着头道："我不知道，我们没有在那场梦里死过。"

他说完，突然哈哈大笑起来，从椅子上笑到了地上，紧接着在地板上打起了滚。

我被吓得立马从椅子上弹了起来，这时，身后的门被推开，一群医护人员冲了进来，把这位患者架走了。

我有些惊魂未定，休整片刻之后，走进了另一个隔间。

对老二的采访

尽管他们长得一模一样，但是老二明显缺乏老大的那份镇定，看上去有些紧张，浑身上下都透露出一种紧迫感，那是一种不安的气息。

他的双手牢牢地抓着自己的双膝。

我道："你看上去挺紧张的。"

他点了点头，怯生生道："我……我以前没见过你，你是……你是新来的医生吗？"

我摇了摇头道："我只是一个记者。"

他想了想，然后道："啊，我想起来了，他们之前对我说过，说有个记者要来采访我们，看来就是您了。"

他看上去放松了一些，但还是有些紧张，这是一种对陌生人的紧张。

我道："能给我讲讲那个梦吗？"

他道:"什……什么梦?"

我道:"你哥哥说,你们四兄弟之间会做一个共同的梦,你们四人共享这个梦境。"

他道:"那……那不是梦,那是……那是另外一个现实。"

我点了点头道:"嗯,你哥哥也是这么说的。能给我讲讲那个梦吗?或者说,另外一个现实。"

他道:"和这里一样。"

我道:"你是说,梦里的世界,和现实是一样的?"

他道:"只有……只有一点不一样。"

我道:"哪一点?"

他道:"在另一个现实中,我们不是病人,而是四个有钱人,继承了庞大的家族产业,每天过着富足的生活。"

我道:"哦,看来是一个美梦。"

他有些急了,道:"我说过了,那不是梦!是另一个现实!我觉得,那是另一个平行世界当中的我们。"

看来这位患者妄想症的症状的确十分严重。

于是,我顺着他的话道:"好,另一个现实。那么,在另一个现实中,你们除了继承家业,还干吗?我是说,你们总得有个工作之类的吧?或者说,你们只是在梦里实行纯粹的享乐主义?"

他道:"我哥哥是一家酒庄的老板,我三弟和四弟合伙开了一家软件公司。"

我道:"那你呢?"

他道:"我是个心理医生。开了一家心理治疗机构。"

我道:"可是,你根本没有学过医,或者说,没有学过心理方面的专业课程,又如何能够当心理医生呢?"

他道:"你在梦里飞过吗?"

第二个病例：梦中杀人

我没听懂："什么？"

他道："你在梦里飞过吗？像超人那样。"

我道："有时候……呃……在有的梦里，飞过。"

他道："那么，你在现实中会飞吗？"

我愣了一下。

他耸了耸肩道："所以咯。"

我抓住了他话里的漏洞，于是道："可是你说，你的梦，并不是梦，而是另外一个现实，另外一个平行世界。"

他道："是啊，那是另外一个平行世界里的我，所以那个世界里的我当上心理医生，有什么奇怪的吗？没准你在另外一个平行世界里，是美国总统都说不定呢！"

我道："你想多了，那只是梦。我也永远不可能成为美国总统那样的大人物。"

他道："你怎么就能肯定，你所做的每一个梦都只是一个单纯的梦呢？"

我道："什么意思？"

他道："也许你所做的每一个梦，其实都是你在另外一个平行世界中的经历，只不过，你在醒来之后，把它当成了单纯的梦境而已。"

我道："那都是幻境，都是大脑编排出来的幻境，根本不存在另外一个平行世界这种可能性。"

他道："我问你一个问题可以吗？"

我道："当然可以。"

他道："你在做梦的时候，会知道梦境下一步的发展吗？"

我道："当然不知道。"

他道："也就是说，你在做梦的时候，和在现实里的感觉是一样的，根本不知道下一步要发生什么，对不对？"

我点了点头道:"嗯,没错,是这样。"

他道:"那么,如果梦境里的一切都是你的大脑事先构建和安排好的,你又为什么对此一无所知呢?"

我愣了愣,然后道:"那么,你的意思是……"

他道:"我的意思是,或许那不是梦,而是你不小心进入了另外一个平行世界,是你在那个世界当中所经历的现实。"

说到这里,他突然浑身发抖,不停地抓挠着自己的头皮。

我紧张道:"怎么了?"

他的声音听上去有些痛苦,只见他死死地咬住牙齿,用力挤出三个字:"痒!好痒!"

患者的状况,已经难以回答我的任何问题,对老二的采访,只能到此结束。

对老三的采访

老三和他的两个哥哥都不太一样,他既不镇定,也不紧张,看上去挺活跃的。

他哈哈大笑道:"平行世界?少听我二哥在那里鬼扯了,他脑子有点不正常。梦就是梦,和平行世界没有半毛钱的关系。"

我道:"你不认为那是另外一个现实?"

他道:"现实?你可别逗我,我们现在才是现实,我们睡着了之后全都是梦。"

我道:"这么说,你认为,你们四兄弟做的那个梦,只是一场单纯的梦?"

他耸了耸肩道:"不然呢?如果不是梦,那还能是什么?哎,你不会是真的相信我那两个精神病哥哥的鬼扯吧?"

"你不也是精神病吗?"我这么想着,看着他。

第二个病例：梦中杀人

他似乎看穿了我的心思，紧跟着道："你别这么看着我呀，他们是精神病，我可不是，我比他们可正常多了，相信过不了多久，我就能出院了。"

我半开玩笑道："精神病都说自己不是精神病。"

他道："那你是精神病吗？"

我道："不是啊。"

他笑了笑道："你看。"

我一阵无语。

他突然伸出右手的食指，指向我，一动不动，把我吓了一大跳。

我道："怎……怎么了？"

他道："我看到你身后……"

我一怔，心想：我身后怎么了？你可别吓我！

他道："我看到你身后，有很多颗星星！"

星星？

我转过头一看，什么也没看到，这更令我感觉到一股寒意顺着脊梁骨往上蹿，又往下冲。

突然，他猛地跳了起来，直接跳到了横在我们之间的那张谈话桌上。

"抓星星！抓星星咯！抓星星！抓星星咯！"

他踩在桌面上，一边胡言乱语，一边不停地手舞足蹈着，双手在空中抓来抓去，仿佛真的有无数颗星星环绕在他的周围。

对老四的采访

老四看上去有些沉默，不太爱说话。所以，对他的采访，进行得并不顺利。无论我问他什么问题，他都低头保持沉默，似乎并不想与我对话。

所以对于他的采访，不到五分钟就结束了，因为，从头到尾他根本就不说话，所以，采访根本进行不下去。

他像是在保守什么秘密一般，把自己封闭了起来。

不过，他是四胞胎兄弟中，唯一一个在采访过程中没有发病的患者。

当然，这在很大程度上与采访时间过短有关，并不能说明老四的病情比他三个哥哥的要轻。

02 他们要在梦里杀掉我

对往事的猜想

初春的雨,在窗外不断地下着。罗谦辰已经失踪快半年了。这段时间以来,全国的警方都在四处搜捕他,但是,我却一直没能从新闻当中得到他的消息。我突然陷入一种矛盾当中,这是一种令我感到很不安的纠结感。

我似乎既希望得知他的消息,又不希望他被警方逮捕。因为我始终认为,他是无辜的,他并不是杀害黄警官的真凶。我甚至对案件的真相做出了假想。

我猜想那天真凶一定是做了罗谦辰指纹的倒模,制作了假的指纹,印在了杀害黄警官的那把水果刀上,以此嫁祸罗谦辰。在杀掉黄警官伪造好现场之后,他前往酒店,破坏掉了监控设备,然后进入罗谦辰的房间,干掉了那三名看护警员,并挟持罗谦辰离去。

我把这个想法说给了陈警官听,陈警官却问了我几个问题:"这个真凶是谁？他又为什么要嫁祸罗谦辰？他把罗谦辰挟持之后，躲到哪儿去了？"

陈警官的这三个质问，把我问得哑口无言。的确，这只是我一厢情愿的猜想，而且这个猜想是缺乏线索和证据的，只是我想要为罗谦辰脱罪而想出来的小说一般的情节，的确十分不靠谱。

我倒了一杯威士忌，坐在窗前，看着窗外雨流如注，一口一口地喝了起来。

我的脑海里开始不自觉地回溯起洪冠明的案子。为什么当马凯文去病房看他的时候，从未见过马凯文的洪冠明却露出了惊恐的神色呢？仿佛是在害怕什么。

又或者说，洪冠明害怕的，并不是马凯文，而是马凯文体内的妻子人格？

我开始联想起罗谦辰的理论——"意识可以脱离肉体，独立存在"。

同时，也回想起了马凯文的主人格对我说的话——"有一重人格并没有被我妻子杀掉，那重人格逃出去了"。

我不由得开始做出猜想，那个逃出去的人格，也许，就是爱丽丝人格。爱丽丝人格逃进了洪冠明的身体里。当天在病房里，掌控洪冠明身体的并不是他的本格，而是爱丽丝人格。爱丽丝人格认出了马凯文体内的妻子人格，所以她会感到恐惧。妻子人格借用马凯文的身体冲病床上的洪冠明微微一笑，其实是在暗示爱丽丝人格——"小心我吃掉你哟！"

爱丽丝人格读出了这一层威胁，这种恐惧感令她做出了一个艰难的抉择，那就是向法庭谎称，洪冠明假装多重人格分裂。因为她见识过妻子人格吃掉其他人格时的情形，那对于其他人格来说，是极为痛苦的过程。所以，她宁可选择被执行死刑，安静地死去，也不愿意经受那个被吃掉的过程。至于为什么一审结果下达之后，洪冠明会上诉，那是因为爱丽丝无法一直获得肉体的掌控权，所以选择提出上诉的，是洪冠明的本格。

至于她为什么不选择逃离洪冠明的身体，找个不为人知的肉体躲藏起来，我猜想，大概是因为人格逃离肉体其实是很艰难的，逃离马凯文的身体极有可能只是一个偶发事件。另外，她或许也明白，无论她躲到哪里，妻子人格都会找到她。所以，她干脆直接选择死亡。

这同样也达到了妻子人格杀掉她的目的。

当然，这一切都是我的猜想，一个听上去有些暗黑的猜想。真实的情况究竟如何，谁都不得而知。

酒喝了大半，雨似乎早已经停了，不知是何时停的。天色已经有些暗了。我正准备从冰箱里找些微波食品简单地加热一下来吃，电话急促地响了起来。

是郭跃明打来的。

郭医生在电话中邀请我到他家里共进晚餐。

不请自来的客人

半个小时后，我驱车抵达了郭医生的家，一幢三层楼的小别墅。

郭跃明一直都是一个人住，所以这场晚宴，只有我们两个人。郭医生精心准备了酒菜，我们一边喝酒吃菜，一边聊着天。

谈话间，郭医生一边为我续满葡萄酒，一边道："老二出院了。"

我一时间没反应过来："什么？"

郭医生道："四胞胎。"

我恍然大悟道："噢，什么时候出院的啊？"

郭医生道："一周前。"

我道："不会吧，我上次采访他的时候，他还不正常呢，怎么这么快就出院了？"

郭医生道："我们也感到很吃惊。一周前，我们对四兄弟分别进行了精神鉴定和相关的测试，惊奇地发现，老二脑内的病变已经消失了。他的脑活动基本接近正常人了。而在相关的测试上，老二的表现也都达到了正常的标准。所以在院内十多位专家的反复论证、研讨下，我们给老二开具了出院证明。"

我问道："其他三个呢？"

郭医生道："那三位患者的症状反而显得更加严重了，你知道老二出院的时候，他们怎么说吗？"

我问道："怎么说？"

郭医生喝了一口葡萄酒，酝酿了一下，说道："他们疯狂地叫喊着，尤其是老大。他们不停地对我说：'那个出院的，根本就不是老二，老二已经在梦里死了！快把他抓回来！'"

我道："在梦里死了……"

郭医生笑了笑道："的确很可笑不是吗？老二在梦里死了……说实话，在梦里，我早就以各种不同的方式和惨状死过无数回了。"

我道："不过他们的话也的确证明了老二的痊愈。"

郭医生道："怎么讲？"

我道："他们说老二在梦里死了，说明老二已经彻底逃离了那场梦，所以老二痊愈了。"

郭医生微微一笑，和我碰了碰杯："你的这个说法，的确很有见地。"

我们吃着菜，聊着天，不知何时，窗外又下起了雨，这次的雨，下得格外大，还伴随着断断续续的电闪雷鸣。

我道："这次请我来吃饭，一定也是为了这件事吧。"

郭医生毫不含蓄地点了点头道："没错，我希望你能够针对这位患者的痊愈，写一篇报道，为我们院做个宣传。你知道，洪冠明的事情搞得现在外界都在传，说我们医院不具备精神鉴定和治疗的能力。这篇报道，刚好可以给外界一个有力的回应。"

第二个病例：梦中杀人

我道："这个自然没问题。"

就在我们聊得正愉快的时候，玄关处突然传来了急促的敲门声。

郭医生看了看表，说道："都已经晚上十点了，这个点，外面下这么大的雨，还打着雷，谁啊。不好意思啊，你等一下，我去看看。"

我点了点头，在餐厅里继续喝着酒，吃着盘子里残余的菜。

从我这个角度看不到玄关的情况，但是能够听到声音。

我听到了开门声，外面的风雨声一下子就变大了。

紧接着，我听到郭医生道："你怎么来了？"语气听上去格外惊讶。

一个既熟悉又陌生的声音回复道："快，快救救我！郭医生！快救救我！"声音听上去十分狼狈，近乎虚脱，仿佛是在逃避某个怪物的追杀。

梦中杀人理论

眼前这个男人，浑身都湿透了，头发披散着，像是一路淋着雨跑过来的。郭医生给他换上了干净的衣服，并给他递了一杯热咖啡。他坐在沙发上，大口大口地喝了起来，几秒后，咖啡杯见了底，郭医生又给他续了一杯。

他是四胞胎当中唯一出院的那位患者——老二。

郭医生问道："什么情况？"

老二浑身发抖，他的眼睛里布满了血丝，眼神十分疲倦。

他声音已经变得沙哑，看得出每说一句话，嗓子都会反馈出剧烈的疼痛。

他道："他们要杀掉我！"

郭医生紧张道："谁？谁要杀掉你？"

他道："我那三个兄弟！"

郭医生道："这不可能的，他们现在都在医院的重症监护病房里，逃不出来的。"他说着，打电话向医院确认，医院的值班医生表示，那三位患者都在各自的病房里睡觉,睡得很沉。而且,他们身上都套着约束服,根本不可能在没有他人的帮助下起身。

可老二却摇着头道:"我没说他们会在这里杀掉我。"

郭医生道:"不是在这里?什么意思?"

老二道:"他们要在梦里杀掉我!"

我和郭医生互相看了看。我心想:你不是说这位患者已经痊愈了吗?

郭医生陷入了尴尬中,他清了清嗓子,对老二说道:"那就让他们杀咯,反正是在梦里,你怕什么?"

老二有些着急了,手猛一抖,杯里的咖啡溅了出来。他道:"你们根本就不明白!事情没有你们想得那么简单。我已经一个星期没有合眼了!"

我问道:"你,一个星期都没睡过觉?"

我对此感到难以置信。

老二沉重地点了点头。

我问:"为什么?"

老二道:"因为不敢。"

我道:"不敢?"

老二道:"会死的,他们要在梦里杀掉我!"

我道:"你的意思是,如果你在梦里死了,你也会死?"

老二点了点头。

这不禁令我想起了《猛鬼街》里的情节,一个名叫弗莱迪的梦魇,会进入人的梦境中杀人。人在梦里被弗莱迪杀掉了,在现实中也会死掉。

我道:"可是,在梦里杀人,只是好莱坞恐怖片里的情节,这在现实中是完全不可能的。"

老二道:"你听说过类似的案例吗?有人会在做梦的时候死掉。"

我道:"听说过一些。"

老二道:"在梦里,你会感受到喜怒哀乐,甚至是惊吓,而梦里的

第二个病例：梦中杀人

惊吓，同样会导致你的心跳加速，肾上腺素激增。有些心脏不好的老人，或者心脏病患者，就很有可能会因为睡梦中的惊吓，导致心脏病突发而死去。"

我道："嗯，的确是这样，可是，你又没有心脏病。"

老二道："你还没明白我的意思吗？尽管那只是梦，梦是假的。但是，你的大脑认为它是真的，你的身体就会根据梦里的情况做出不同的生理反应。就像你做了个春梦，很有可能就会产生梦遗反应。"

我有些语塞，无言以对，只能看了看身旁的郭跃明。

郭跃明道："我记得，你一直声称，那不是梦，而是另一个平行世界。"

老二愣了下，然后道："我改变观点了。"

我道："你哥哥曾经说过，你们在那场梦里，醒来的唯一方式，就是在梦里睡着。那场梦，接近于现实。"

老二点了点头道："没错，是这样的。"

我道："那好，有件事情，我一直很好奇。如果你们在梦里睡着了，也就是说，在现实里醒来了，那么梦里的那个你，还在那儿吗？"

老二道："还在那儿，只不过，处于沉睡的状态。"

我道："好，你现在是醒着的，但是，梦里的那个你还在那里熟睡。他们如果这个时候把梦里的那个你杀掉了，会怎样？"

老二道："他们杀不掉我。"

我问："为什么？"

老二道："因为我的意识还在现实中，他们杀掉我梦里的躯体是没有用的，因为那只是现实中的我在梦里的映射，换句话说，只是一个空壳。"

我道："也就是说，只有当你陷入沉睡，回到梦里时，他们才能真正地杀掉你，对不对？"

老二道："没错！"

我道:"我觉得,你快坚持不住了。"

老二突然跪了下来,请求道:"郭医生,求求你,帮帮我,别让我那三个兄弟进入梦中,我只想平静地睡一觉!我真的快要不行了!"

我和郭医生商量了一下,考虑到老二现在的情况,如果不立马唤醒他的三个兄弟,他是无法安心入睡的,继续拖下去,他恐怕会有猝死的危险。

十分钟后,我开车载着郭跃明还有老二,马不停蹄地赶往了精神病医院。医院里,护士们已经将老大、老三和老四全都唤醒了,并且时刻看护,禁止他们入睡。

老二见到自己的三兄弟都醒了过来,他终于在休息室里,安稳地睡了过去。

天亮的时候,老二醒了过来,他的气色看上去好多了,郭跃明这才放心地安排另外三兄弟睡下了。

两个月后,另外的三兄弟也都出院了。这的确令人倍感惊讶,这三位患者的病情突然好转,一系列鉴定和测试都显示,他们已经回归正常。出院那天,老二来接他们,气氛看上去十分融洽,看来对于梦里的事情,他们已经冰释前嫌了。他们告诉我们,他们四兄弟,再也没有回到那场梦里了。

四胞胎兄弟离开后,护士在收拾病房的时候,发现了一个笔记本,那是老四的笔记本,他出院的时候忘了带走。

护士把笔记本交给了郭跃明。

那天深夜,郭跃明和我通了电话,电话里,他语调失常,显得很惊恐:"你快过来一趟,给你看点东西,你看完,告诉我你的想法!"

大半夜打电话,令我有些生气,但是,听郭跃明的语气,像是见了鬼了,我也对此产生了好奇。出于一个记者对新鲜事物的敏感,我立马起床，简单地收拾了一下便出了门，开车直奔医院。

在医院里，郭跃明坐在办公室的白色灯光下，整张脸都是煞白的。

我抱怨道："你怎么了，大半夜的，不回家睡觉，在医院里干吗？还把我给叫来了！"

郭跃明甩给我一个发黄的笔记本："这是四胞胎里的老四遗落在病房里的，你看看，看完，告诉我你的想法！"

我狐疑地看了他两眼，翻开了笔记本。

笔记本里记录的，是梦里的内容。

03 神秘的笔记

15号的梦

老实说,我从来都不会把梦里的内容写下来,但是,这次,梦境的发展实在是太令人感到诡异了。是的,原谅我只能用诡异来形容。实际上,那比诡异要更扭曲上百倍。

这事得从几天前的梦说起。大概也就是在三天前,老二的心理治疗机构来了一位患者。这位患者是一个9岁大的男孩,谁也不知道他是如何来到老二的心理治疗机构的。因为并没有父母送他来,也没有任何一个政府机构或者社会公益、福利组织送他过来。他就这样出现在了老二面前。

你知道,梦都是这样的,梦里的很多事情通常都没有前因,很多事物就是这样莫名其妙地突然出现在你眼前的。

所以,我们对此也早就见怪不怪了。老二也没有深究这个男孩的来历。

在梦里,如果没有特殊的情况,我们晚上都住在一起,住在一栋别墅

第二个病例：梦中杀人

里。也就是在昨晚的梦中，老二加班到很晚才回家。我们都看出，他的神色十分慌乱，整张脸都是铁青的，像是半夜回家撞见鬼了。

我们便问他，是不是遇到了什么棘手的问题。

只见老二给自己猛灌了几大口伏特加，然后道："三天前，我那里来了个病人，病人是个9岁大的男孩。这个男孩，疑似患有多重人格症。据他自己宣称，他的身体里一共住着四重人格。"

我们几个面面相觑。

只见老二又给自己灌了一口伏特加，接着说道："这四重人格分别是他的本格，男孩人格；第二重人格是一个20岁的成年男性，我们把他称为，哥哥人格；第三重人格是一个17岁的少女，第四重人格是一个10岁的女孩，我们分别把她们称为姐姐人格和妹妹人格。"

老大问："和你对话的是哪重人格？"

老二道："他的本格，男孩人格。"

老三问："那你有见到他另外三重人格吗？"

老二摇了摇头道："暂时还没有。"

老大道："那你有什么好害怕的？你当心理医生的，这类患者应该见过不少吧？"

只见老二又给自己倒上了一杯伏特加，猛灌了几口，然后道："他有些奇怪。"

老三道："哪里奇怪？你有话能不能一次性说完啊？"

老二深吸了一口气，将伏特加一饮而尽，并说道："他好像……他好像……他好像知道，这是一个梦。"

我们所有人都呆住了，连一向镇定的老大都有些坐不住了，老大道："你说什么？你说，他知道这是梦？"

老二点了点头。

老三道："放屁！这是我们的梦，知道吗？这是我们四个人的梦。换句话说，只有我们四个人才是真实的人，其他的都是我们梦境中虚构出来的人物！虚构的人物怎么可能会意识到这是一场梦？"

老二道："如果，他不是一个虚构的人物呢？"

老三冷笑道："二哥，你是不是又要扯你那些平行世界的理论了？我告诉你，这只是梦，和平行世界半毛钱关系都没有。"

老二道："他说，他来自外面。"

老大道："外面？什么外面？"

老二道："他说他来自梦境之外。"

老大问："什么叫来自梦境之外？"

老二道："他不属于我们这场梦。"

老三道："少胡扯！你的意思是，还有其他人能够进入到我们的梦里来？这怎么可能！"

老二反驳道："我们四个能够共享同一个梦境，已经够不可能的了！你就能确定，不会有别的人侵入我们的梦？"

这次，老三被撑得没话说了。

大家都陷入沉默中。

终于，老大开口了："如果真的如同二弟所说的那样，那么，事态可能就有些严峻了。这个男孩，应该是无意中进入我们的梦境里的。这也就说明，可能还会有更多的人进入我们的梦里来。"

我们所有人都意识到了事态的严重性，但是，谁都想不出一个应对的策略，因为这场梦还将继续做下去。

16号的梦

这次，我们在老大的安排下，决定一同前往老二的心理治疗机构，见一见这个号称来自梦境之外的9岁男孩。

没想到的是，当这个男孩第一次见到我们四个人一起出现在他面前的

第二个病例：梦中杀人

时候，他并没有露出明显的惊讶之色。

我是说，我们四个是四胞胎，长得一模一样，所以一般陌生人初次见到我们四个的时候，都或多或少会感到惊讶。

但是，这个男孩却没有这种表现。就好像，他一开始就知道我们是四胞胎一样。但是，老二却对我们说，他和他机构里的医护人员，都没有向男孩提到有关四胞胎的事情，所以，男孩理应不知道这一点才对。

老二向男孩谎称我们几个也是机构里的医生，目的是让他放松警惕。

但男孩却偏了偏脑袋，目光扫过我们四个人的脸，然后说道："我知道，这是你们四个人的梦。"

当时我们四个全都吓傻了，站在原地，不知道该如何是好。

老大清了清嗓子，率先发问道："你说，你来自梦境之外？"

男孩点了点头。

老大道："那你能否给我们讲讲，你是怎么进入这场梦里来的？"

男孩道："我也不知道，我一睡着，就进来了。一开始我以为那是我自己的梦，嗯……后来我才知道，并不是。我意识到，我大概是进入了别人的梦里。"

老大道："那么，你怎么确定，这是我们四个人的梦？"

男孩歪了歪头道："我猜的。"

老大道："你是怎么认出，这不是你的梦的？我的意思是说，对于正常人来说，他们会把每一个自己做过的梦，都当作自己的，但是，你为什么会认为这个梦不是你自己的呢？为什么会产生这场梦，是别人的梦，这种……这种奇怪的想法？"

男孩道："因为我的梦，不是这样的。"

老大问："那你的梦，是什么样的？"

男孩道："很黑。"

老大道："什么？"

男孩道:"我的梦,很黑,和这里不一样。所以我知道,这不是我的梦。"

老大道:"能给我们讲讲你的那个很黑的梦吗?"

男孩道:"你们想去吗?"

老大问:"去哪儿?"

男孩道:"我的梦里。"

我们几个人互相看了看,一阵凉意从我的脚底涌到了后脑勺,我感觉到了不祥。

男孩道:"想去吗?"

老大道:"你能够带我们进入你的梦里?"

男孩点了点头道:"是的。想去吗?"

老大道:"如果你可以的话,我们倒是不介意进去看看。"

男孩没有说话,冲着我们意味深长地笑了笑。

我总感觉,那笑容背后,隐藏着无边的黑暗。

17号的梦

当我在现实中沉睡时,便会进入梦中。

当我在梦里醒来的时候,意识到这场梦已经发生了变化,和以往完全不同了。我躺在一间幽暗的房间里,地面十分潮湿,我能够感受到冰冷的液体渗透我的衣服,牢牢地贴在我的肌肤上。

我看到天花板上悬挂着一盏吊灯,吊灯上沾满了灰尘,灯光忽明忽暗。房间里并没有风,但是那盏吊灯却在不停地左右摇晃着。

我大口大口地喘息着,从地上爬了起来,此时,正前方出现了一扇门,我立马推开那扇门,跑了出去。

门外是一条走廊。

出门的左手边,是一扇窗户,但是窗户被铁栅栏和木条封死了,只能

第二个病例：梦中杀人

看见木条的缝隙间，有微弱的灯光穿透进来。

右手边通往客厅。

走廊里的气氛很压抑，这令我感到一丝恐惧，因为我不曾在梦中来过这里，也无从知晓这里究竟是什么鬼地方。

我很害怕，脑子里飞快地过着各种恐怖的画面。我哆哆嗦嗦地在走廊里摸索着前行了片刻，来到了客厅。客厅的陈设和一般人家的客厅一样，只不过窗户都是封死的。我看到了玄关的门，那是通往外面的门，于是立马冲了过去，却发现，门是反锁的，根本打不开。

这时，我突然听到黑暗中传来了一个小女孩的哭声，那哭声是从我背后传来的。那哭声若隐若现，在黑暗中飘忽不定。

我倏地感觉到，有什么冰凉的东西在我的后脖颈处轻轻地摸了一下。我吓得浑身发麻，定在原地，身体抖得厉害，根本就不敢转身看一眼。

我闭上眼睛，只听到一个微弱的脚步声，从我的身后缓缓地绕到了我的正前方，紧接着，一只手从正前方搭住了我的肩膀。

我条件反射地睁开了眼，却惊讶地发现，眼前的这个人是老大。

我刚要出声，老大却做了个噤声的手势，然后指了指我身后。有老大在，我总算是心安了一些，于是大着胆子转过身，看向身后不远处的那扇门。

那哭声又传来了，是从那扇门后面传来的。

突然，那哭声被另一个声音打断了，是一个女人的声音，只不过那个声音听上去更成熟一些，像是十七八岁的少女的声音。

少女道："妹妹，别哭了，别哭了。"

女孩抽泣着："妈妈，妈妈，妈妈睡着了，妈妈睡着了，我怎么叫都叫不醒。"

少女道："别哭了，别哭了。"

女孩的哭声更加强烈了。

老大冲着门的方向喊了一声:"有人吗?"

哭声还在持续着,并且越来越清晰,越来越明显。

老大又喊了一声:"有人吗?"

哭声还在继续,但是并没有人搭理他。

老大给了我一个眼色,示意我跟着他。

我跟在他身后,朝那扇门走了过去。

我们走到门前,门后的哭声仿佛是贴着我们的耳朵发出的。老大伸出手,紧紧地握住门把手,他拧动把手的时候,我的心提到了嗓子眼。

"咔嗒"一声,把手拧到了底。

老大猛地将门推开了,那哭声戛然而止。

我们走进了房间,发现这是一间洗手间。进门的左侧是盥洗台,玻璃上蒙上了一层锈色的灰。盥洗台的对面,是马桶,马桶上面也已经挤满了污垢。

进门正对着的,是浴缸,浴缸的周围拉上了白色的浴帘,看不到里面。

老大指了指浴缸的方向,仿佛是在说,那两个女孩就躲在浴帘后面。

我跟在老大身后,缓缓地朝着浴缸走了过去。我们来到浴缸旁,老大伸出手,抓住浴帘,准备拉开。

突然,从浴帘后面滑出一条手臂,手臂顺着浴缸壁向下垂落。我注意到,手腕部分,有一道深深的刀痕。

紧接着,血从刀口淌了出来。

我被吓得半死,不敢出声,老大一把将浴帘拉开,发现一具腐烂的尸体躺在浴缸里,看上去,应该是一个女人的尸体。尸体已经腐败不堪,但是,她垂落下来的左手臂却肌肤如新。

血淌了一地,染红了地板。

这时,客厅里传来了脚步声,老大立马拉着我冲了出去,迎面和老

第二个病例：梦中杀人

二、老三撞了个满怀。

我们四个在客厅里坐下，分析情况。

老二说："我们应该是进入了那个男孩的梦里。"

我们几个都觉得很恐慌，因为谁也没有料到，男孩的梦，竟然如此恐怖。

我们并不想在这场梦中逗留过久，于是全都倒在沙发上，睡了过去。

18号的梦

我是第一个在梦中醒来的，原以为当我们再度回到梦中的时候，一切都会回归正常。可并不是这样，我发现，我们依旧在那个男孩的梦中。

梦里的时间大概是下午，能够看见稀薄的橙黄色阳光从窗户木条的罅隙间艰难地钻进来。但尽管如此，屋子里的环境还是显得阴森可怖。

老大和老三还在沙发上沉睡，看来他们还没有睡着。

我是第一个入梦的吗？

不，我不是第一个！我发现少了一个人，没错，老二不见了！

他去了哪儿？

我不敢出声喊他，也不敢去找，于是便坐在原地，打算等老大和老三都醒来，再去找他。老三醒不醒无所谓，但是老大必须醒来，如果没有他在，我可没有胆量在这个鬼地方多走两步。

突然，我听到黑暗中传来了一个男人的声音。这声音把我吓得浑身发麻，坐在原地一动也不敢动。

那声音一开始很模糊，像是在跟什么人对话，过了一会儿，那声音愈发清晰起来。

男人道："这很危险，你知道吗？"

紧接着，黑暗里传来了另一个男声，只不过这个声音听上去有些稚嫩，像是一个不大的孩子。

男孩道:"危险?这是我们离开这儿的好机会!"

男人道:"你跟我们三个不一样,这是你的梦,而我们三个,只是你分裂出来的人格,我们还很虚弱,在你的梦里,我们三个只是灵魂一样的存在,是虚无缥缈的,根本对他们构不成伤害!这次你出去了,不会不回来了吧?"

男孩道:"不要急,你们就像我的孩子,我是不会抛弃你们的,你们还有时间!我把他们困在这里,他们是逃不出去的,等你们全都发育出实体,你们就可以行动了!"

男人道:"还需要多久?还需要多久我们才能像你一样?"

男孩道:"快了,你们只需要等待。"

男人道:"可那时候,我们还是很虚弱,毕竟这是你的梦,不是我们的梦,我们不可能像你那样强大!"

男孩道:"放心,到时候,我会回来帮你们的。"

就在这时,我感到有什么东西从身后搭在了我的肩膀上,那东西十分用力,仿佛要陷进我的锁骨里。

我吓得叫出声来,那对话声也消失不见了。

"老二呢?"

是老大的声音。

我这才松了口气,回过头,看见老大和老三都醒过来了。

老三道:"啧,二哥去哪儿了,你倒是说啊!"

我摇了摇头道:"我……我也不知道啊,我醒来的时候,就没看见他了。"

老三急了:"你醒多久了?"

我道:"大概,十分钟吧。"

老三道:"那你为什么不去找他啊?"

我道:"我……我不敢。"

第二个病例：梦中杀人

老大道："事情有点奇怪。"

老三问："大哥，怎么了？"

老大道："我睡下的时候，二弟还在看书，他不可能比我们先入梦。"

我感到一阵寒意："老……老大，你的意思是说……老二在梦里的身体，被人拖走了？"

老三道："少他妈乱说啊你。"

老大道："我们去找他。"

我和老三跟着老大，在一楼找了个遍，但是什么也没找到，于是，我们顺着楼梯去了二楼。不知道为什么，老大总能给人安全感，和他在一起的时候，我没有那么恐惧了。

我们顺着二楼的走廊一路往前走，正前方有一扇开着的门，只见门后的那个房间里，悬挂着一个人。

那个人的脖子上套着麻绳，呈上吊状悬挂在天花板上，正面对着我们，双目紧闭。

我们一眼就认出，那个人是老二。

老二，上吊了？

就在我们靠近的时候，老二突然睁开了眼，像是刚刚醒来。他疯狂地挣扎着，但他越是挣扎，绳结就系得越紧。

我们立马朝房间冲了过去，那扇门却"砰"的一声关上了，把我们挡在了外面。

我们疯狂地砸门，可是，门就是无法打开。

我们能够听到门内老二痛苦的呜咽声。

半分钟后，那呜咽声和挣扎声越来越弱，最后彻底消失了。

阻隔我们的那扇门，也自动打开了。

我们立马冲了进去，把老二放了下来，可是老二，已经死掉了。没错，他死在了这场梦里。

人格分裂手记

现实

我们从现实中醒来,发现老二还活着,这令我们感到十分庆幸。老大却十分警惕,他特意找到老二,聊了很多往事,可是,在很多细节上,老二根本答非所问,甚至是一无所知。

我们逐渐发现,老二的说话方式、生活习惯和以往都有了很大的差别。

我们开始怀疑,这个老二,并不是我们所认识的那个老二。

换句话说,真正的老二,已经死了,死在了那个男孩的梦里。有某个东西,代替老二,从那场梦里来到了现实。

我们曾经多次向医生们反映过老二的情况,可是,那些可悲的庸医啊,他们根本不相信我们的话,反倒把老二的改变当成了他病情好转的一种表现,最后甚至准许他出院了。

那个出院的,绝对不是老二,而是另外一个人。一个从梦里逃出来的人。

04 深蓝孩童

创伤

老四的笔记，到这里就结束了，或许还没有结束，只是，他已经把笔记本写到了末页，没有更多的空间容许他继续写下去。

我合上了笔记本，看向郭医生："你相信他写的吗？"

郭医生道："我不知道，但的确震撼到了我，所以，我想让你也看看。"

我道："我觉得，可能与这四位患者的某个集体心灵创伤有关。"

郭医生道："嗯，我也是这么认为的。"

我问："他们四个是怎么进来的？"

郭医生道："三年前，他们因为涉嫌轮奸一位单亲妈妈而被警方逮捕，经过精神鉴定，警方判断他们患有严重的精神疾病，所以把他们送到了这里进行治疗。"

我道："单亲妈妈？也就是说，受害人是有孩子的。"

郭医生点了点头："具体的情况我们这边也不是很清楚，我们只负责对他们进行治疗，关于三年前的那桩案子，如果你想要了解，可以去找陈警官，当时这桩案子好像是他负责侦办的。"

当天我和郭医生聊到天亮，然后开车回家睡了三个小时。醒来后，已经是上午九点多了。我立马联系上陈警官，然后驱车直奔局里找到了他。

在办公室里，陈警官给我泡上一杯茶，递给我，然后问我："这么着急来找我，是为了什么事啊？"

我道："我听郭医生说，三年前的那起四胞胎轮奸单亲妈妈案，是你参与侦办的？"

陈警官喝了口茶，吐了吐茶叶，然后道："没错，是我办的，你怎么突然问起这桩案子来了？"

我道："能给我讲讲这个案子吗？"

陈警官挠了挠头，为难地说道："我跟你说了，你可别外传啊。其实也没什么好讲的。受害人在一家超市当收银员，那天晚上下着雨，十点半的时候，她一个人下班回家，在回家的路上她为了抄近路，经过了一片荒地，结果撞见那四胞胎兄弟，然后被四胞胎拉进草丛里轮奸了。"

我道："受害人现在怎么样了？"

陈警官掏出一包烟，抽出一支递向我，我道："不抽烟，谢谢。"

他给自己点上一支烟，缓缓地抽了一口，然后道："死了。"

我一惊："死了？四胞胎不是没有杀掉她吗？"

陈警官徐徐地吐出一口烟道："她是自杀的。我们逮捕了四胞胎，案件经过了长达半年的侦讯，最后，四胞胎被鉴定为精神病患者，逃脱了法律的制裁。那名受害人得知这个消息后，可能很受打击，从超市离职了。大概就是在离职的一个星期后，她自杀了。我们发现她的时候，已经是距离她死亡时间的半个月后，是邻居闻到恶臭后报的案。受害人是在自家洗手间的浴缸里割腕自杀的，我们发现她的时候，尸体已经腐败了。"

我惊道:"她不是还有一个孩子吗?那个孩子呢?"

第一支烟已经抽完了,陈警官把烟头用力摁灭在烟灰缸里,然后又给自己点上了一支,猛抽了一大口,然后道:"这也是最离奇的地方。"

我道:"离奇?"

陈警官道:"那小男孩当时才6岁,当我们进入洗手间的时候,他就蹲坐在浴缸旁,一动不动。"

我道:"6岁,应该已经具备报警的能力了啊。他为什么一直不打电话报警,而是等到邻居发现?"

陈警官道:"这孩子好像有自闭症,也因为这个情况,他从学校退学了,没有上小学。我们调出了小区里半个月的监控,发现这孩子就没从家里出来过。"

我道:"你是说,他半个月就一直待在家里,和他妈妈的尸体在一起?"

陈警官道:"更离奇的是,家里什么吃的都没有,冰箱是空的,我们根本不知道这孩子是怎么度过这半个月的。"

我倒吸了一口凉气:"这孩子现在在哪儿?"

陈警官开始抽第三支烟:"被送去了孤儿院。"

我问:"哪家孤儿院?"

孤儿院

当天下午,我通过陈警官提供的那家孤儿院的电话,联系上了他们的院长刘女士,表示我想就该事件进行报道,并和她约好了时间。

第二天一早,我驱车直奔另外一座城市,于当天下午两点,抵达了那家孤儿院。在孤儿院里,我见到了刘院长,却得知那孩子已经不在这儿了。

我道:"不在这儿了?去哪儿了?"

刘院长道："一年前，他被一对夫妻领养了。"

我向刘院长要了这对夫妻当时留下的联系电话，却发现两个电话都已经变成了空号。我又让刘院长把这对夫妻的地址给了我。

我向刘院长进一步了解了这个孩子的情况。

刘院长道："两年半前，他被政府的人送来的时候，大家都说他有自闭症。但是我不这么认为，我觉得他当时只是不太爱说话而已。毕竟经受了丧母之痛，这对于一个当时只有6岁大的孩子来说，无疑就像天塌了一般。我觉得，他比一般同龄的孩子要成熟很多，无论是从行为举止还是其他各方面，总之给人的感觉就是，他有着连大多数成年人都没有的镇定。"

我道："请问，这个镇定，体现在何处？"

刘院长道："两年前，我们院里的一个清洁工因为欠债，持刀把那孩子挟持了，拿孩子当人质，要求我把社会各界人士捐助给我院的一共五百多万元的善款交给他。当时所有人都慌了，没想到那孩子却异常镇定，在那个清洁工的刀下显得若无其事的样子。你知道，要是一般的孩子，早就吓哭了。而他却显得十分淡然。我们报了警，警方安排了谈判专家跟清洁工谈判。没想到谈判失败，那清洁工把那孩子挟持进了地下室，并且反锁了通往地下室的门。考虑到孩子的安危，警方没敢贸然闯入。让人没想到的是，五分钟后，地下室的门打开了，只见那孩子浑身是血地从地下室里走了出来。我当时都吓傻了，以为是那孩子的血。后来发现不是，是那名清洁工的血。警方进入地下室后发现，那名清洁工的喉咙上插着一把刀。"

我惊愕道："难道是那个孩子？"

刘院长摇了摇头道："不可能的，一个六七岁的孩子，怎么可能敌得过一个大人？最后警方判断，是那个清洁工自杀的。这孩子经历了这件事后，不仅像个没事人一样，反而变得不那么自闭了，逐渐开朗了起来。但是，那件事中，他所表现出来的镇定，还是给我留下了极深的印象。"

我深吸了一口气，刘院长的这番描述的确令我感到了一阵凉意。那个

第二个病例：梦中杀人

清洁工，真的是自杀的吗？

刘院长接着道："这孩子的学习能力极强，什么东西几乎是一学就会。我们给他做了智力测试。你猜怎么着？一个六七岁大的孩子，测出了一个20岁成年人的智商水平。"

我道："这的确令人惊叹。"

刘院长道："我觉得这孩子就像是……就像是深蓝孩童。"

我道："深蓝孩童？"

刘院长道："有研究表明，这个世界上存在着一个新的人种，这个人种被称为深蓝孩童。他们拥有超乎常人的智力，甚至可能还拥有超能力。能够看到、听到我们普通人所看不到、听不到的东西。"

我道："你觉得，这孩子和深蓝孩童很像？"

刘院长道："没错。我觉得，他一定具备某种能力，某种超乎常人的能力。"

我道："超乎常人的能力？"

刘院长道："有一天下午，他突然找到我，对我说，他最近做了很多梦，各式各样的梦，有时候一晚上会做好几个不同的梦。"

我道："做梦是很正常的，我也经常这样，一晚上做很多不同的梦。"

刘院长道："是的，我也是这样对他说的。可是，他却对我说，他感觉这些梦，都不是他的梦，而是别人的梦。他说，他好像能够进入别人的梦境当中。"

我猛地怔住了："进入别人的梦里?!"

刘院长道："于是我就对他说，那他能不能进入我的梦里来呢？他说他可以试试。你猜怎么着？那天晚上，我果然梦到他了。在梦里，他对我说：'你看，我进来了吧？'"

我道："这很正常啊，只是一个巧合而已。"

刘院长道："一开始我也是这么想的，可是后来我去问他，他却说出了我梦里的很多细节,就像是他真的进过我的梦里一样!"

我道:"对了,有那个男孩的照片吗?我想看看。"

刘院长道:"有。"说完,她从抽屉里取出一张照片递给我。

照片中,这个男孩和普通的男孩一样,有着一张稚嫩的脸,但是,从他的眼神当中,我隐隐感觉到一丝寒意。

关于梦的假设

那天下午,我与刘院长结束了短暂的交谈之后,便驱车直奔她所提供的男孩养父母的地址所在地。

当我赶到那里的时候,已经是黄昏时分了。

这是一座位于郊外的双层独栋别墅。

我来到这里的时候,看到门上贴着的告示才知道,这栋别墅已经空置半年了。住在别墅里的人都搬到美国去了,别墅已经被委托给一家中介公司销售,告示上留有中介的电话。

我打通了这个电话,电话中,一位姓钱的先生称,这栋别墅的确是委托他来销售的。我谎称自己是购房者,约他见面。

大概一个小时后,钱先生终于赶到了。他用钥匙打开了别墅的门,领着我走了进去,向我不停地介绍别墅的情况以及周边环境,总之,这座别墅被他夸得天花乱坠。然而我根本就没有购房的打算,压根听不进去。

钱先生领着我把这栋别墅逛了个遍,我惊讶地发现,这座别墅的结构,和老四笔记里描述的那个男孩梦中的那栋别墅的结构十分相似。

我拍下了房子每一个局部的照片。

和钱先生分开后,天色已经很晚了,于是我在附近找了家宾馆住了下来。在宾馆房间里,我开始做出假设。

如果老四关于梦境的描述是真实可靠的,那么很明显男孩的梦境发生了某种重叠。

第二个病例：梦中杀人

很显然，老四笔下那个男孩的梦，极有可能就是这个深蓝孩童的梦。深蓝孩童和四胞胎梦中的那个男孩，是同一个人。

我继续沿着这个假设的方向推理下去。

三年前，男孩的妈妈被四胞胎轮奸，四胞胎被鉴定为精神病患者逃脱了法律的制裁。男孩目睹了妈妈的自杀。

男孩妈妈的自杀地点，是在家中浴缸里，所以，在男孩的梦中，会出现一具在浴缸里割腕自杀的腐烂女尸。那具女尸，其实就是男孩的妈妈。这个场景，已经成为男孩记忆深处不可磨灭的，也是最为黑暗的记忆。男孩被收养后，搬进了新居，于是，旧居中发生的妈妈在浴缸里自杀的场景，和新居别墅的环境产生了重叠，于是构成了男孩的黑暗梦境。

至于为什么男孩会进入四胞胎的梦中，我想到的唯一解释便是——复仇！

男孩进入四胞胎的梦中，然后将他们全都引到自己的梦里，将四胞胎禁锢在自己最为黑暗的梦境世界当中。

我甚至想到了更为黑暗的部分。

根据老四的笔记，老二死在了梦中，他宣称，那个在现实中醒来的老二，已经不是原来的老二了，而是一个从梦里出来的人。那么，那个人，会是谁呢？唯一的可能便是，那个男孩。

我甚至推演出了梦境中，男孩杀掉老二的过程。

那天，四胞胎在梦中睡下，在现实中醒来。那么，梦中的躯体依然还在那儿。四胞胎的意识还在现实当中，所以，男孩如果此时杀掉这些躯体，并不能达到杀掉四胞胎意识的目的。于是，他想了个办法。他将老二的躯体拖到了二楼，然后将老二悬挂在麻绳上。当老二入梦的时候，麻绳的绳套在老二的挣扎下越收越紧，于是便达到了杀掉老二意识的目的。然后，他代替老二的意识，进入老二的身体，来到现实当中。

但他当时为什么只干掉了老二，而不选择将其他三个也一次性干掉呢？这个问题我思考了良久。

突然，我想到，老四的笔记中说过，这个男孩患有多重人格症，他的体内住着四重人格。

我开始回溯老四的笔记，很快在里面发现了一些细节上的端倪。

笔记中，老四在男孩的梦里听到过这样一段对话——

男人道："这很危险，你知道吗？"

紧接着，黑暗里传来了另一个男声，只不过这个声音听上去有些稚嫩，像是一个不大的孩子。

男孩道："危险？这是我们离开这儿的好机会！"

男人道："你跟我们三个不一样，这是你的梦，而我们三个，只是你分裂出来的人格，我们还很虚弱，在你的梦里，我们三个只是灵魂一样的存在，是虚无缥缈的，根本对他们构不成伤害！这次你出去了，不会不回来了吧？"

男孩道："不要急，你们就像我的孩子，我是不会抛弃你们的，你们还有时间！我把他们困在这里，他们是逃不出去的，等你们全都发育出实体，你们就可以行动了！"

男人道："还需要多久？还需要多久我们才能像你一样？"

男孩道："快了，你们只需要等待。"

男人道："可那时候，我们还是很虚弱，毕竟这是你的梦，不是我们的梦，我们不可能像你那样强大！"

男孩道："放心，到时候，我会回来帮你们的。"

很显然，这是哥哥人格和男孩的对话。也就是说，当时，那个屋子里还存在着另外三个人，是男孩的另外三重人格——哥哥人格、姐姐人格、妹妹人格。当时，这些人格还很虚弱，无法在梦中展现出实体。用老四笔记中的话说，"是虚无缥缈的"。

我意识到，男孩是在等待，他在等待另外三重人格发育成熟。所以，当时他并没有立马干掉四胞胎中的其他三人。

我倒吸了一口凉气："他的目的，是让另外三重人格来到现实。"

我回想起了那个雨夜，那天晚上向我们求助的老二，其实不是老二，而是那个男孩。他谎称自己的几个兄弟在梦里要杀掉他，目的是让郭跃明将那三兄弟唤醒。我猜测，那天晚上，男孩的另外三重人格，极有可能已经在梦里发育成熟了。于是，他趁着三兄弟在现实中醒着的时机，进入梦中，协助自己的三重人格，照葫芦画瓢，将三兄弟在梦里的躯体悬挂在了天花板上。待到三兄弟一入梦，男孩的另外三重人格便将三兄弟全都用麻绳勒死，于是，他们便顺利地借三兄弟的身体，来到现实中了。

但这只是我的假设，有什么东西能够证明我的假设呢？我躺在床上，辗转反侧，突然想到了那栋别墅，那是男孩生活过的地方，没准能够从里面找到一些有价值的线索。

于是我顶着浓黑的夜色，驱车返回了那栋别墅。

再入别墅

这次我没有联系中介，而是直接翻窗入室。

别墅里很黑，电早已经停掉了，我只能打开手电筒，摸着黑，在别墅中摸索。老实说，一个人在陌生的黑暗环境中探索，的确很吓人，屋子里寂静得很，我能够听得到自己的心脏和脉搏剧烈跳动的声音。

我一个人在一楼摸索了很久，什么有价值的东西都没找到。屋里几乎都被搬空了，什么都没有留下。

我决定到二楼去看看。

上楼梯的时候，我总感觉背后像是有什么东西跟着我，但是，每当我一回头时，那感觉就消失了，身后除了一片浓黑，什么也没有。

我对二楼每一个房间的每一个角落都进行了仔细的搜索，终于在一间卧室的床下，发现了一个日记本。很明显是搬家的时候遗留下来的。

我翻开日记本，借着手电筒的光，迫不及待地翻阅起来。日记的内容都很无聊，但是，令我感到惊讶的是，我发现日记本里的日记呈现出了四种完全不同的字迹。有的工整，有的潦草，有的幼圆，有的严重倾斜。很像是四个不同的人写下的。

从日记的内容上来看，应该是那个男孩的日记本。我突然想到，那个男孩拥有四重人格，所以我推测，日记本里的内容，是这个男孩的四重人格分别写下的。

我将日记本揣进兜里，立马离开了这栋别墅，驱车回到了宾馆。回到房间后，我疲惫不堪，连衣服都没脱，就倒在床上睡着了。

鉴定

第二天一大早，我立马联系了郭跃明，并驱车往回赶。当我回到自己所在的城市，并且抵达郭跃明就职的那家精神病医院的时候，已经是下午了。

我在办公室里见到了郭跃明。我道："一般在给患者做精神鉴定的时候，需不需要他们填写表格之类的？"

郭跃明道："有些鉴定需要患者做测试题。"

我道："这么说，四胞胎出院的时候也做过测试题？"

郭跃明点了点头，然后道："你怎么突然问起这个了？"

我道："我找到了一些线索，根据这些线索，我有了一个很大胆的推测。但是，我不确定是不是对的，现在需要证实我的推测！"

郭跃明道："什么推测？"

我道："这个说起来很复杂，三言两语也说不清楚，我现在需要四胞胎康复出院前做的测试题卷。"

郭跃明犹豫了一下，然后道："我可以给你复印件。"

十五分钟后，郭跃明将四胞胎亲笔填写的测试题卷复印件交到了我手上。

我看了看日记本里的内容，又看了看复印件上的内容，我感觉，我已经触摸到了真相。但是，这还不够，我需要更加权威的认定。

两天后，我带着日记本和复印件去了趟外地，找到了一个权威的字迹鉴定专家。

经过专家的比对，小男孩日记本里面的四种笔迹，和复印件上四胞胎的四个笔迹分别对应上了。

根据日记本里的内容，我可以判断出每一种笔迹是属于哪一重人格的，并且把每一重人格都和四胞胎做了一一对应：

男孩人格（笔迹）＝老二（笔迹）

哥哥人格（笔迹）＝老大（笔迹）

姐姐人格（笔迹）＝老三（笔迹）

妹妹人格（笔迹）＝老四（笔迹）

被忽略的问题

我试图联系四胞胎，但是却怎么也联系不上他们，就连郭跃明也不知道他们的去向。我突然想到了一个问题，这是一个至关重要的问题，也是一个之前被我忽略的问题。

如果事情真的就像我推测的这样，那么，为什么深蓝孩童要进入老二的身体里面呢？

另外，如果深蓝孩童的意识已经离开了自己的肉体，那么此刻，他原本的肉体又是一个怎样的状态呢？

我立马联系上了别墅的中介，又通过中介辗转多人，终于联系上了男孩的养父母。

他的养父母告诉我们，男孩一直都处于植物人的状态。

在此之前，男孩患上了渐冻人症，躺在病床上，全身无法动弹。

男孩患上了渐冻人症。或许，这就是他离开自己的身体，去寻找新的肉体的理由吧。

尾声

一切的问题似乎已经找到了答案，但是，我还是感觉心头像是有一根刺，又不知道那根刺究竟藏匿在何处。

我开始思考一个问题，如果那个男孩果真具备能够进入他人梦境的能力，那么，他的这种能力又是从何而来的呢？

这是否意味着，他的妈妈也可能具备相似的能力？

我再次找到陈警官，在与他的交谈中，我得知，尸检中法医发现男孩的妈妈并没有子宫。也就是说，她是不具备生育能力的。

可是，通过 DNA 比对，男孩的确是她亲生的。

陈警官推测，死者的子宫应该是在生育结束之后，因为疾病，动手术摘除了。由于死者是自杀，这种情况与案件并没有关联，所以警方并未针对这个问题做过多的调查。

我倒是对此产生了好奇，于是走访了男孩的妈妈生前的一些亲朋好友。

人格分裂手记

大家都表示，没见过她怀过孕。最后，我从她的一个亲戚那里得知了一个惊人的消息，她天生就没有子宫！

所有人都认为，那个男孩是她领养的。

走访过程中，我知道她十年前谈过一个男友，都到了要结婚的地步，可是婚前检查的时候，医院检查出她没有子宫，于是婚事告吹。

我辗转联系上了她的那位男友，他向我证实了这一点。

可是令人十分困惑的是，陈警官说过，当时他们给男孩做过亲子鉴定，通过DNA比对，确定男孩是这个女人亲生的。

可是，这个女人却先天没有子宫，不具备生育能力。

那么，这个孩子是如何生下来的呢？

这个女人的前男友告诉我，她曾经去看过心理医生，并且给了我那家心理诊所的地址。他说那是十多年前的事情了，不知道那家诊所还在不在。

我按照他所给的地址找了过去，果然找到了那家诊所，更为幸运的是，那名心理医生还在这家诊所工作。

我问："当时她的情况您还记得吗？"

心理医生道："还记得。"

我问："能给我讲讲吗？"

心理医生道："她说她可能有双重人格。"

我道："双重人格？"

心理医生道："没错，她认为她体内住着另外一重人格，那重人格六七岁大，是个男孩。哦，对了，她挺会素描的，我就让她把那个男孩的样子给画了下来，那幅画应该还在，我给你找找。"

我点了点头。

十分钟后，心理医生从档案室里走了出来，他从文件夹里抽出一幅画递给我。

我看着那幅画，彻底怔住了。画中的这个男孩，和刘院长给我看的那张照片中的男孩，长得一模一样。

心理医生道："我还记得当时她说了一些奇怪的话。"

我问："什么话？"

心理医生道："当时她说，她感觉自己体内的那个男孩，迟早会从她的身体里分裂出来。"他说着耸了耸肩："她当时，的确病得挺严重的。"

我看着画中的那个男孩，突然开始胡思乱想起来。

深蓝孩童原本是那个女人身体里的另一重人格吗？

如果是，那么，一个虚无的人格，是如何离开真实的肉体，来到现实当中的呢？

这只有在梦中才有可能做到。

第三个病例：

第四面墙

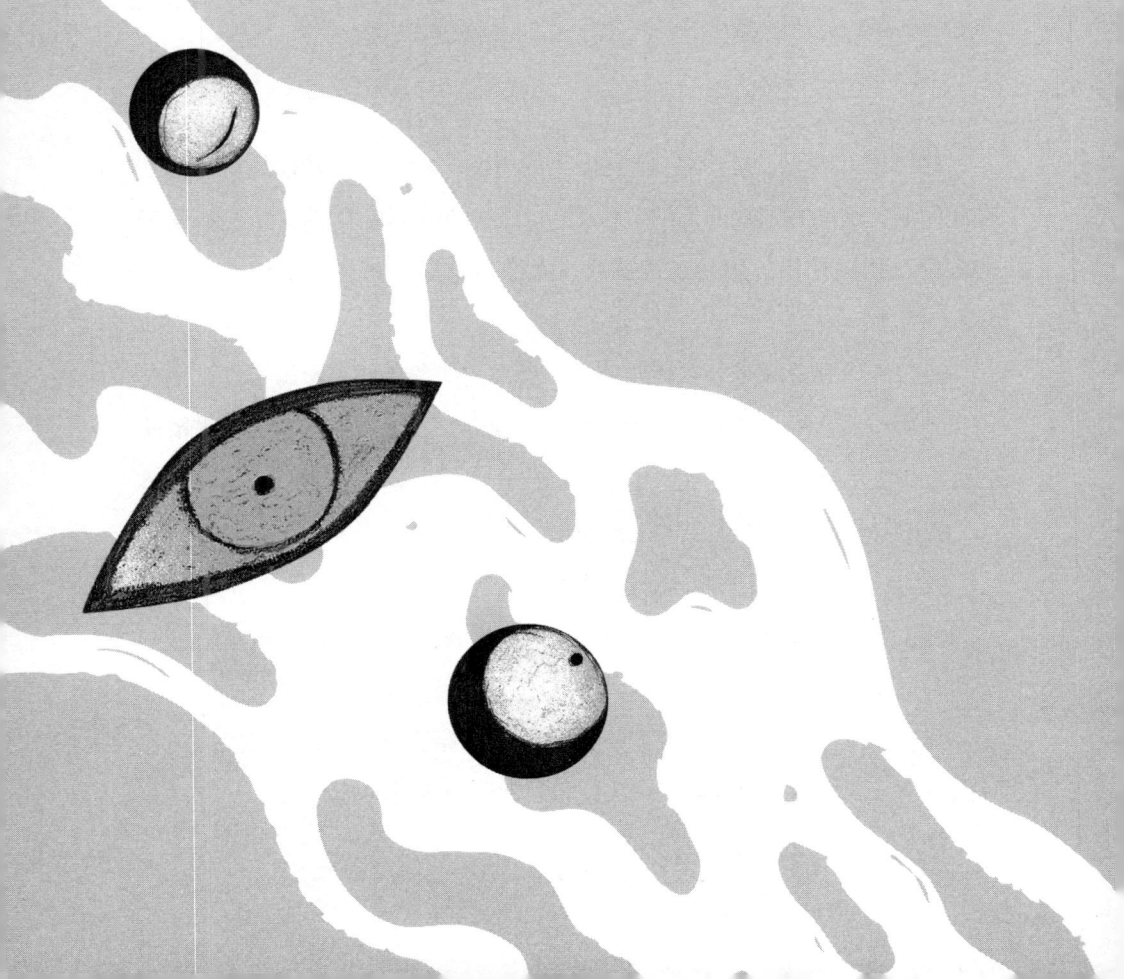

引子

  这位患者姓周，是一名 30 岁出头的男性，看上去有些神经质。他坐在我面前，转动着那双凸出的金鱼眼，上下打量着我，但这并不是他紧张的表现，我感觉他仿佛是在审视我，就像是领导在审视一个初来乍到的新人。

  这位周先生曾经是一名话剧演员，最常演的角色便是哈姆雷特。他在一次梦游过后，患上了严重的妄想型精神分裂症，于是被送到了这家精神病医院接受治疗。

  我的身旁，坐着周先生的主治医生，孙医生。

  我道："可以开始了吗，周先生？"

  只见周先生愤怒地拍案而起道："请尊称我为殿下，你这粗鄙的、无知的、不知所谓的愚民！"

  我着实被他的过激反应吓了一大跳，于是看了眼身旁的孙医生，只见孙医生十分淡然地冲着我点了点头，示意我照患者说的做。

第三个病例：第四面墙

我用卑微的语气道："殿……殿下。"

周先生坐了回去："你们以为把我关在这里，就真的能够囚禁我吗？即使把我关在一个果壳里，我也会把自己当作一个拥有着无限空间的君王的！"

我有些不知所措道："周……殿下？"

周先生道："这个世界就犹如一个监狱，而我身处的这间屋子，不过是其中条件比较差的一间牢房罢了！"

我看了眼身旁的孙医生，孙医生只是冲我微微一笑，耸了耸肩。

周先生的语调愈发慷慨激昂："上帝是公平的，掌握命运的人永远站在天平的两端，被命运掌握的人仅仅明白上帝赐给他命运！全世界是一个巨大的舞台，所有红尘男女只是演员罢了。上场下场各有其时。每个人一生都扮演着许多角色，从出生到死亡有七个阶段。生存还是毁灭，这是一个值得考虑的问题。默然忍受命运暴虐的毒箭，或是挺身反抗人世无涯的苦难，通过斗争把它们扫清，这两种行为，哪一种更高贵？"

周先生俨然把这里当成了话剧舞台，而他，似乎还沉浸在哈姆雷特这个角色当中，没有抽离出来。换句话说，他已经入戏了。

我和孙医生只是静静地坐在原位，仿佛台下的观众一般，看着他慷慨激昂地表演，直到他演累了，气喘吁吁地坐回到椅子上，孙医生让护士端来一杯水递给他。

周先生接过水杯，大口大口地喝了起来，很快就把杯子里的水一股脑喝完了。

他打了个水嗝，一脸无奈地对我们道："演戏呢，你们就不能配合一点啊，台下观众可都看着咱们呢！"

我道："台下的观众？你这是……比喻？"

周先生道："什么比喻！你没看见吗？在墙的另一面，可坐着成千上万的观众呢！他们全都看着咱们呢！"

我道:"墙的另一面?什么墙?"

周先生道:"第四面墙!难道你们全都看不见吗?"

我看了看会面室四周的墙壁,然后问:"哪一面?"

周先生道:"方记者,不知道你有没有看过话剧?"

我道:"当然看过。"

周先生道:"话剧中出现最多的就是室内戏,在室内戏里,剧中的角色们会在一个房间里进行对话。一般来说,房间都是有东、南、西、北四面墙对不对?"

我点了点头。

周先生道:"可是,在话剧舞台上,有一面墙是不存在的,那就是沿着台口的、原本应该横在观众面前的那面墙,是不存在的。"

我道:"嗯,如果那面墙存在,台下的观众不就看不到台上的表演了吗?"

周先生道:"没错,在观众看来,那面墙并不存在,但是,对于台上的演员来说,那面墙是存在的。因为他们必须想象那面墙的存在,想象自己身处在一间真实的房间里,这样才能够入戏。那是一面必须存在却又存在于台上演员和台下观众想象当中的墙,那面墙在戏剧上,被称为'第四面墙'。"

我在脑海中想象着话剧舞台的场景,然后道:"可是,我们这里又不是话剧舞台,你看,这个房间里的四面墙,都是实际存在的。"

周先生道:"第四面墙,不一定是指某面确切的墙。就像你在电影院看电影的时候,电影中的画面会不停地切换,而不是固定地存在于某一个地方,这就和舞台话剧有所不同了。在电影中,第四面墙不再是固定的,而是随着场景的需要,可以存在于任何方位。"

我环顾了一下四周,调侃道:"我可没发现我们周围有摄影机在拍摄我们。"

周先生道:"这和摄影机无关。就像莎士比亚的《哈姆雷特》当中的那句台词:全世界是一个巨大的舞台,所有红尘男女只是演员罢了。"

我道:"可是,我怎么看不到观众的存在?"

周先生道:"在话剧舞台上,演员们为了更加入戏,需要想象第四面墙的真实存在,而忽略台下观众的存在;在拍电影的时候,演员们需要忽略摄影机的存在。"

我道:"你的意思是说,我们已经入戏了?"

周先生点了点头道:"我们已经完全融入了各自所扮演的角色中,已经忘记了这个世界只是一个舞台,把第四面墙当成了横在我们眼前的一面真实的墙,所以,我们大多数人看不到隐藏在第四面墙后面的那些观众。"

我道:"你能看见?"

周先生道:"没错,我能。"

我道:"第四面墙后面,是什么样的?"

周先生道:"是一间电影院,看上去是那种有些年头的影厅,挺大的那种老影厅。"

我道:"电影院?观众多吗?"

周先生道:"挺多的,座无虚席,很多人都在看。"

我问:"他们都在看什么?"

周先生道:"我们。"

我一怔,道:"我们?"

周先生道:"我能看到第四面墙后面,那些观众,都坐在观众席上看着我们。"

我理解他的话,然后道:"你的意思是……我们在银幕里?"

周先生点了点头道:"他们正在看着我们,听着我们此时此刻的对话,这就像是现场直播,这些人全都是我的粉丝,他们都是为了看我而来的。"

我道:"你是主角。"

周先生道:"没错,因为这间影厅是专门为我而设置的,所以来这间影厅的人,自然是为了看我而来的。这间影厅只播放关于我的一切。"

我道:"是二十四小时直播吗?"

周先生道:"当然,即便我睡着了,直播依然是持续的,从不间断。如果真要说直播什么时候会停止,那一定是在我死掉的那一刻。"

我道:"这听上去很像是时下流行的网络直播,而你所描述的这间影厅,就像是你的专属直播间。"

周先生道:"差不多吧。"

我故意调侃道:"那么……他们有给你打赏钱或者礼物之类的吗,你的这些观众?"

周先生道:"没有。不过有没有都无所谓,这个跟钱无关,这是种荣耀感,你懂吗?我在第四面墙那头的粉丝,可远比你想象的要多得多。"

我道:"那为什么只有你才会有直播间?"

周先生道:"其实你们也有,你们每个人都有,只不过你们看不见而已。"

我道:"我也有观众吗?"

周先生道:"当然。"

我道:"那么,我有多少观众?"

周先生耸了耸肩道:"我怎么会知道,我又看不见你的第四面墙。我只能看见我自己的。"

我道:"有句话说出来你可能会感到不太高兴……"

周先生道:"没事,你说。"

我道:"你说你的观众很多,可是,你每天被关在这里,什么事也不能干,难道不是挺无聊的吗?既然这么无聊,为什么还会有那么多人来看你呢?"

周先生问:"这是哪儿?"

我道:"医院啊。"

周先生问:"这是什么医院?"

我道:"精神病医院。"

周先生道:"这不就对了吗?如果有一个精神病患者,在精神病医院里给你直播,你去不去看?"

我道:"你承认你是精神病了?"

周先生道:"我当然不是,不过这不就显得更有看点了吗?一个正常人,被当作精神病患者关进了精神病医院,这听上去多有看点啊。"

我道:"那些观众都是些什么人?"

周先生道:"我怎么知道,反正不是我们这个世界的人。"

我道:"不是我们这个世界的人?那又是哪儿的?"

周先生道:"我已经说过了,我们所处的这个世界,不过是一个巨大的舞台,我们全都是这个巨大舞台上的演员。"

我道:"就像真人秀,或者电影《楚门的世界》那样?"

周先生道:"不不不,这跟那部电影不同。那部电影中,只有主角一个人被蒙在鼓里,而其他人都是制作方安排好的演员。在我们所处的这个世界,所有人都被蒙在了鼓里。你有没有想过,这个世界为什么会存在?我们存在于这个世界的意义究竟是什么?"

我摇了摇头道:"我不知道,反正这个世界在我出生之前就已经存在了,而我存在于这个世界上就是为了活着,就这么简单。"

周先生道:"你看,你并不知道这一切存在的意义。那么,现在我来告诉你,我们存在的意义究竟是什么。"

我问:"是什么?"

周先生道:"这得从 2120 年说起。"

我道:"等一下,2120 年?你记错时间了吧?现在是 2016 年,21 世纪,你都直接给我扯到一百多年之后的 22 世纪去了。"

周先生道："其实现在已经是23世纪了，今年是2216年。只不过，你们以为自己依旧置身于21世纪，置身于2016年。"

我道："好，那你给我讲讲，2120年究竟发生了什么。"

周先生道："2120年，人类通过基因改造技术，获得了极强的免疫力，几乎能够对地球上任何有害细菌和病毒免疫，人类的寿命也因为细胞技术得到了大幅度延长。"

我道："延长到什么程度？"

周先生道："事实上，人类永生了。"

我道："可是我们还是会死，根本就没有什么永生。"

周先生道："因为我们是被淘汰掉的那一批。"

我道："被淘汰？"

周先生道："2150年，地球上开始有一部分人得病，这些人都已经完成了基因改造，理应不会感染任何疾病，却还是染上了各种不同的疾病。专家发现，他们身体里的基因，已经回到了基因改造前的人类的状态。也就是说，他们还是会得病，还是会随着衰老而死去。这部分人被称为'亚基因人种'。亚基因人种无法适应22世纪的地球环境，死亡人数激增。联合国安理会出于人道主义考虑，联合世界各国，花了五十年的时间，在另一个星系的一颗类似地球环境的星球上，建造了高仿真的21世纪初的人类社会，并把时间假定在2000年。然后，他们又花了十余年的时间，将全部的亚基因人种洗掉记忆后，投放到新的地球上，并给他们植入了关于过去的虚假记忆。而这些所谓亚基因人种，也就是目前生活在这颗星球上的我们。"

我道："你的意思是说，其实我们才在这里生活了十六年？"

周先生点了点头道："没错，我们来到这里的时候，国家、城市以及一切的一切，都是事先规划好的，全都是严格按照21世纪初的人类社会建造的。他们洗掉了我们在旧地球上的记忆，然后给我们植入了关于在新

第三个病例：第四面墙

地球上生活的虚假记忆，甚至给我们安排好了各自的身份、家庭以及全部的社会关系。所有这一切，都是为了伪造出我们一直生活在这颗新地球上的假象而精心安排的。"

的确，人类对时间的感受、对事物的认知判断，都依赖于记忆，也许你上一秒才被创造出来，但有人给你灌输了十几年甚至几十年的记忆，你便会认为，自己真的存在了这么久。

我道："可是，既然已经把我们安排到了新的环境中生存，旧地球上的人为什么要通过第四面墙来观看我们？"

周先生道："起初，旧地球上的科学家建立观测系统，是为了观察我们在新地球上的生活状态，防止意外发生。"

我道："可是，就你之前的描述来看，我们显然已经变成了一档供旧地球全体大众娱乐的真人秀直播节目。"

周先生道："没错，因为新地球的建造和运行花费了大量的钱，为了收回成本，联合国决定将观测系统大众化，采取收费模式观看，以求收回成本。"

我愣愣地看着他，老实说，有那么几秒钟，我真的就相信了他说的话。

没想到他却对我扑哧一笑道："以上都是我乱编的。"

我一阵无语："第四面墙也是你编的？"

周先生道："第四面墙是真的，我是说，亚基因人种这件事，是我编的。怎么样，这故事写出来能拿雨果奖吗？"

我耸了耸肩道："你可以试试把它写下来。"

我顿了顿，接着道："第四面墙后面，到底是什么？"

周先生道："墙的后面，的确是一间老影厅。只不过，观众并没有那么多，准确地说，观众只有一个。"

我道："那个观众，是你在现实中认识的人吗？"

周先生摇了摇头道:"不认识。"

我道:"能给我讲讲这位观众吗?或者说,简单地描述一下可以吗?"

周先生道:"她是一个女孩,总喜欢穿着一件苋红色的连衣裙。"

我问:"一个多大的女孩?"

周先生道:"十五六岁吧。"

我问:"漂亮吗?"

周先生道:"呃……挺难看的。"

周先生刚说完"难看"两个字,坐在我身旁的孙医生突然道:"你管那叫难看?"

周先生道:"我说她长得难看怎么了?"

孙医生有些怒不可遏,急赤白脸道:"不许你这么说她!"

周先生微微一笑道:"我这么说她怎么了,你又没见过她!"

孙医生道:"她现在很生气!"

周先生道:"她很生气?"

孙医生拍了拍桌子:"你竟然说她长得难看!"

周先生问:"你是怎么看到她的?"

孙医生道:"我……呃……"他有些语塞。

周先生道:"孙医生,孙医生?"

只见孙医生将双手抱头,手指深深地插进了头发里,他开始浑身颤抖起来,尽管他的头向下埋着,但我还是能够从侧面看到他痛苦不堪的表情。

周先生道:"你终于想起来了。"

孙医生痛苦地撕扯着嗓子道:"为什么,为什么要让我想起来?"

周先生道:"面对自己,这对你的康复有好处。"

半小时前,周先生,不,现在应该称呼他为周医生。在他的办公室里，他对我说："这位患者姓孙，他的情况有些不稳定。"

我问："怎么不稳定了？"

周医生道："他每天都会妄想自己成为不同的人，扮演不同的角色，而忘记自己的真实身份。"

我问："他今天扮演什么角色？"

周医生道："今天，他妄想自己是这家精神病医院的医生。"

我道："看来他的病情不太乐观。"

周医生道："没错，待会儿我想请你帮个忙，配合下。"

我问："怎么配合？"

周医生道："我来扮演患者，你来采访我，待会儿让他扮演的医生过来旁听。"他说着，递给我一沓 A4 纸，纸上印着一长串的对话。

我问："这是……"

周医生道："这是我准备好的剧本，你先看看，然后咱俩对一对，待会儿就照着上面的话来说。"

我道："这上面你的台词都是……"

周医生道："没错，都是这位患者在以往的治疗当中说过的话，这样做的目的，就是想唤醒他的记忆，让他认识自己的真实身份。"

我点了点头："明白了。"

01 我去了墙的另一面

消失

我开着黑色的SUV，在黎明的高速公路上飞快地行驶着。就在一个半小时前，还沉睡在梦境中的我，突然被一个电话惊醒。电话是从周医生的办公室打来的，但与我通话的，却是一个自称"郑警官"的男人。

郑警官在电话中对我道："有个案子需要你立马过来一趟，配合我们调查。"

我问他是什么案子，他却缄口不答，坚持要我亲自到周医生所在的精神病医院。我只好在凌晨四点起床，驱车赶往另外一座城市。

当我开车抵达那家医院的时候，已经是早上七点了。周医生亲自到医院门口来接我。

只见他神色慌乱，脸色煞白，眼白上交错纵横着无数的血丝，不难看出，他大概是一夜未眠。

我问他："到底出什么事了？"

第三个病例：第四面墙

他却并没有回答我的问题，而是请我进去再说。我跟着周医生走进了医院大楼，来到了二楼他的办公室里。

在办公室里，周医生给我倒了一杯茶，请我先坐一会儿，然后他便离去了。

大概两分钟之后，从门外走进来一个身材魁梧的男人，这个男人穿着警服，他自我介绍道："方记者，你好，我就是之前跟你通电话的郑警官。"

我有些拘谨道："你好，郑警官。"

郑警官一本正经道："方记者别紧张，这次叫你过来，就是想问你几个问题。"

我道："您请问。"

郑警官道："半年前，你是不是来过这家医院？"

我点了点头。

郑警官问："大概是几月份来的？"

我道："四月份。我记得是……四月中旬，十五六号的时候。"

郑警官问："来这里的目的是什么？"

我道："采访。"

郑警官问："采访什么？"

我道："社里有一个关于精神疾病方面的专题，一直都是我负责在做。当时来这里，是为了采访一位患者。"

郑警官问："那位患者姓什么？"

我道："我记得是……姓孙。"

郑警官点了点头，然后给我递来一份保密协议："接下来我要说的话，很重要，你一定不能外传，来，先签个字吧。"

由于之前签过一次保密协议，所以这次我并没有太多的顾虑，于是看都没有多看，就在上面签上了自己的名字。

人格分裂手记

郑警官对我道："半年前，你曾经采访过的那位孙姓患者，出了点小问题。"

我心里闪过一个念头：他死了吗？于是紧张地问道："他……出什么问题了？"

郑警官道："他失踪了。"

我道："什么时候失踪的？"

这时，周医生走了进来，他显然听到了我和郑警官的对话，于是对我道："今天凌晨两点的时候，护士打开病房的门，打算给孙先生换药，结果发现孙先生从病房消失了。"

我道："凌晨两点给患者换药？"

周医生点了点头道："这种药需要每四个小时换一次，而最后一次的换药时间，正好是凌晨两点。"

我问："当时，那名护士发现患者失踪的时候，你在哪儿？"

周医生道："我在家睡觉。大概是凌晨两点十分的时候，我接到了医院值班医生的电话，急忙赶到医院。当我到医院的时候，已经是两点四十了，院里的其他医生也先后都赶到了。我们找遍了整座医院，都没能找到这位患者，只好报了警。"

我问："病房的门，患者能打开吗？"

周医生道："不能，门是锁着的，患者从里面打不开，只能从外面打开，而且是指纹锁，需要指纹才能打开。"

我问："患者是一个人住吗？"

周医生道："是一个人。"

我道："会不会是从窗户逃出去了？"

周医生道："那间病房，没有窗户。"

我道："排风口之类的……"

周医生道："除非他是老鼠。"

第三个病例：第四面墙

我问："院里一共有多少人能够打开那间病房的门？"

周医生道："所有的医护人员都可以打开。"

我道："那这个范围就很大了，很有可能就是某位医护人员，中途打开门，把患者给带走了。甚至可以这么怀疑，带走患者的，很可能就是那位去换药并发现患者失踪的护士。"

周医生道："这不可能。整座医院都被监控覆盖，监控是二十四小时运作的。我们调过监控了，患者根本就没有离开过那间病房。"

我道："那总不能人间蒸发了吧？"

郑警官道："这就是我找你来的原因。"

我一时间没有反应过来，道："什么？"

郑警官道："你曾经接触过一个类似的案子对不对？那个人在监狱里消失了，就和现在的情况一模一样，人间蒸发！"

我知道他说的是哪个案子，那个案子中的一名被判处无期徒刑在监狱服刑的犯人，突然在牢房里消失了。而在他消失之前，我曾经采访过他，在采访过程中，他宣称我们这个世界并不是真实的，而是他在脑海当中精心构建出来的一座巨大的记忆宫殿，而我们，全都是他记忆宫殿中的记忆映射人物。

我道："那个案子至今都没能得到解决。"

郑警官道："我希望你能够协助我们，帮我们分析一下这次的情况。"

我道："能带我去那位患者的病房看看吗？"

周医生道："当然可以。"

两分钟后，周医生和郑警官领着我去了三楼的一间病房。病房的门是那种金属材料的电子门，门上面有指纹锁的锁槽。周医生伸出手，将自己右手的大拇指摁在了锁槽上，两秒钟后，门"咔嗒"一声打开了。

我们走进病房。

这间病房不大，目测十五平方米左右，四壁全都布满了海绵体。进门右手边是独立的卫浴。整个病房没有窗户。天花板上的通风口十分狭小，的确如周医生所言，只有老鼠才能够从通风管道逃走。

发疯的患者

当天下午，郑警官一方面安排更多的警员，对医院的每一个角落进行更加细致的地毯式搜索，一方面召集医院里所有的医护人员，对他们进行逐一审讯和排查。审讯工作一直进行到深夜十点，结果却是一无所获。

就在郑警官准备结束一天工作的时候，周医生身上的警报器突然急促地响了起来。警报器上显示着编号：306。

周医生立马起身对一旁的两名护士道："306号病房的病人摁了警报器，你们两个快过去看看，及时汇报情况。"

只见两名护士匆匆离去，大概三分钟后，其中一名护士气喘吁吁地跑了回来："周医生！周医生！您快过去看看！"

周医生紧张道："什么情况？"

护士道："306号病房的那位患者一直拿脑袋撞墙，是他的室友摁的警报器！"

周医生立马起身，我和郑警官也跟着冲过去帮忙。当我们赶到306病房的时候，那位患者已经晕厥了过去，他满头是血，正被一群医护人员推进手术室进行抢救。病房内一片狼藉。这间病房的防护级别没有孙先生那间病房高，格局和普通的医院病房类似：两张床，两个人住，墙壁上也没有海绵体。可见住在这间病房里的两位患者，病情并没有孙先生那么严重。可是没想到，其中一位患者，却突发自残行为，这令周医生始料未及，因为这位患者几乎就要康复了。

我们可以清晰地看到，进门左手边的那面墙壁上，有好几摊血迹，很明显是那位患者用脑袋撞墙的时候留下的。

郑警官询问情况，那名患者的室友道："今天晚上，我们吃完饭回到病房，我坐在床上看书，他却在房间里走来走去，看上去焦躁不安。大概就在九点钟的时候，他突然坐回到了床上，面对着那面墙。"他说着，指了指那面沾满血迹的墙："他就面对着那面墙，一动不动，仿佛是看什么东西看得出神。当时我没在意，因为这段时间，他老是这样，有事没事就盯着那面墙看，还时不时地傻笑，甚至对着那面墙说话。"

郑警官问："对着墙说话？他都说些什么？"

室友道："我也听不太清，总之都是些胡言乱语。今天也是这样，他就盯着那面墙傻笑。笑着笑着，他突然像是看到了什么，变得紧张起来，然后对着那面墙疯狂地喊叫。"

郑警官问："他都喊些什么？"

室友道："我记得他当时喊'放开他！快点放开他！'之类的吧，当时真的把我吓了一跳，那种喊法，声嘶力竭的，就像是有人要动手杀了他老婆一样。我当时问他怎么了，他没搭理我，继续喊。喊了大概有一分钟，他突然像是发了狂一般，站起身来，冲向面前的那面墙，不停地用双手捶那面墙，最后干脆直接用脑袋撞，撞了没两下，血就弄得满墙满地都是。我冲去想要扯开他，但是他一把把我推开，继续撞墙。我吓坏了，没了办法，只好摁下了床头的警报器。"

护士道："是的，当时我进了病房，那位患者还在撞墙，直接撞晕了过去，我立马叫来了其他的同事和医生，想让大家帮忙把他送进手术室抢救。"

那位患者经过一夜的抢救，终于脱离了生命危险，但是，却陷入了深度昏迷当中，不知道何时才能醒来，也有可能永远都醒不过来了。

他回来了

那天下午，告别了郑警官，我驱车返回，当我到家的时候，已经是晚上八点了。走进家门，又累又饿的我，准备给自己泡碗面，简单地吃一点，然后倒头就睡。

可是，我刚走进饭厅，却发现餐桌上摆满了琳琅满目的西式冷盘，还配有一瓶未开封的威士忌。

当时我的第一反应是，难不成是前女友回来了？可是，这些冷盘的精致程度，完全胜过了许多专业的西餐厅，绝不是我前女友能够做得出来的。

我疑惑的目光落在了那瓶威士忌上。

我走过去拿起那瓶威士忌，却发现酒瓶底下压着一张字条。字条上写着：别老喝杰克丹尼，偶尔可以试试芝华士。

我看着字条上的这行字，觉得这字迹分外熟悉，突然，我想到了什么，于是拿着这张字条，冲进了书房，从书房的抽屉里找出了一张便笺，便笺上是某人特地写给我的一道西餐的食谱，可惜我至今还没学会。

我对着便签上的字迹和字条上的字迹，几乎可以肯定，它们是同一个人写下的。而那个人，正是罗谦辰！

在我不在的时候，罗谦辰曾经来过我家？还给我精心制作了一桌西式冷盘？

我立马联系了小区的物业，让他们调取了监控录像，发现的确有一个人曾经进过我家，还背着一大包东西（我猜测里面是做西式冷盘用的食材），时间是下午四点。下午六点的时候，那个人便离开了。

可是，那个人来去的时候，都穿着一件卫衣，脑袋上套着兜帽，还戴着口罩，再加上监控录像比较模糊，从画面中，根本看不出那个人到底是谁。

但我几乎可以肯定的是，那个人就是罗谦辰。

到底要不要报警呢？我陷入了短暂的纠结，最终决定不去报警，因为我并不想罗谦辰因此被警方抓住。于是对保安说，这个人是我的朋友，想给我一个惊喜，骗过了保安。

我需要自己找到罗谦辰！

回到家后，我已经饥肠辘辘，于是坐在餐桌前，风卷残云一般将一桌子的西式冷盘都吃了，还一口气把那瓶威士忌闷掉了一半，然后倒在床上，伴随着浓烈的酒意，沉沉地睡去了。

我去了墙的另一面

整整一个星期的时间，我都在四处寻找罗谦辰的下落，可惜一无所获，最终被一通电话转移了注意力。

电话是郑警官打来的，电话中，他要求我立马赶往医院一趟。

我问："是那个患者醒了吗？"

郑警官道："不是。"

我问："那又是什么事情？"

郑警官道："那位失踪的孙姓患者，回来了！"

得到这个消息，我顿觉虎躯一震，立马驱车奔往那家医院。

在医院里，我见到了孙先生。孙先生坐在病房的床上，面对着东面的墙，一动也不动。

周医生对我道："他失踪的一个星期以来，这间病房一直都是锁着的，没有人进出过。可就在今天早上六点钟的时候，我身上的警报器突然响了，竟然是从这间病房发来的警报，我立马领着一帮医护人员冲进病房，意外地发现竟然是孙先生摁的警报。"

郑警官冲着我摇了摇头道："一上午了，我问他问题，他也不回答，就这么坐着，盯着那面墙看。你曾经采访过他，也采访过很多类似的患者，我叫你来就是想请你试试，没准你能够让他开口。"

我走到孙先生身旁，对他轻声道："你好，孙先生，还记得我吗？我是那位方记者，半年前来这里采访过你。"

可是孙先生却并不理会我，也不扭头看我一眼，就这么干坐着，眼睛一动不动、一眨也不眨地盯着眼前的这面墙。

我问:"为什么一直盯着这面墙看?"

孙先生没有说话。

我又问:"你是怎么离开这间病房的?这一个星期你去了哪儿?"

可是,面对我的这些问题,孙先生似乎全都充耳不闻。

正当我准备放弃,打算离开的时候,孙先生突然开口道:"我去了他们的世界。"

我没太听清楚,于是问道:"什么?"

孙先生以刚才的语调和分贝重复道:"我去了他们的世界。"

我勉强听清楚了,追问道:"他们的世界是指?"

孙先生深吸了一口气道:"我去了墙的另一面。"

听完孙先生的话,我和周医生都怔住了,互相看了看,面面相觑。

周医生上前道:"你说你去了墙的另一面?"

孙先生点了点头:"我觉得,应该是的。"

周医生道:"墙的另一面是什么?你是怎么去的?"

孙先生道:"梦游。"

我一怔,道:"梦游?"

孙先生点了点头道:"那天晚上,我好像是梦游了,这个我能感觉得出来。"

我问:"你梦游看见了什么?"

孙先生道:"我看见这面墙……"他指了指眼前的这面墙:"我看见这面墙在发光,那种白色的光。"

我问:"然后呢?"

孙先生道:"那光很刺眼,照亮了整个房间,那一刻,我就像是受到了什么东西的召唤,某个力量的召唤,召唤着我下了床,朝那面发光的墙走去。然后,我整个人都穿过了那面墙,穿过了白光,到了墙的另一面。"

我问:"墙的另一面,到底是什么?"

孙先生道:"我不记得了。"

周医生将孙先生领进了诊疗室,让他在一张躺椅上坐了下来。

周医生道:"现在,我需要你躺下。"

孙先生躺了下去。

周医生道:"缓缓地,闭上你的双眼,放松。"

孙先生闭上了眼睛。

周医生很快让孙先生进入了被催眠的状态,他在孙先生耳畔,轻声道:"现在,你很想做个笔录,笔录的内容和墙的另一面有关。那么现在,你向郑警官发问,就说:'我想做个笔录可以吗?'"

孙先生道:"我想做个笔录可以吗?"

郑警官道:"你现在又没犯案,做什么笔录?"

孙先生道:"我杀了人。"

我们所有人都吃了一惊,郑警官似乎难以相信自己的耳朵,道:"你说什么?"

孙先生道:"在墙的另一面,我杀了人!"

02 孙先生的笔录

孙先生笔录——女孩

老实说,她实在是太美了,我感觉自己已经彻彻底底地爱上了她。不知从什么时候开始,我发现自己能够看到第四面墙,能够看到第四面墙后面的景象。

那是一间老影厅,偌大的影厅内,只坐着一名观众,就是那个女孩,她从一开始就在那儿!

每次,她都会坐在正中央的那个位置,我数了数,那是7排15号,对,每次都是那个座位。而且每次,她都会穿着那身苋红色的连衣裙。

她实在是太美了。

我甚至愿意为了她,付出我的生命,放弃我所拥有的一切。

每天,我都会等待着她的出现,如果看不到她,我便会焦躁不安,生怕她会离我而去。

每次,只要看见她的身影从影厅外走进来,我都会格外兴奋。她的身姿格外优雅，一颦一笑都令我感到格外美好。

我问她："你会一直来看我吗？"

尽管我听不到她说话，但是，我读得懂唇语，我看到她说："会。"

可是，最终，她还是离我而去了！

那天，整整一天，她都没有来。我以为她有事耽误了，第二天一定会来。可是，第二天，当我满心欢喜地等待了一天后，仍没有看见她的身影。但我一直期待着，一直对此抱有侥幸的心理。可是，半个月过去了，她都没有再来，那时我终于意识到，她的确已经走了，不会再回来了。

我不知道她为什么要抛弃我，那段时间，我像是得了抑郁症一般，每天都生活在哀愁中。

那段时间，我不愿意再去看那面墙，因为每当我看到那面墙后面那间空无一人的影厅时，我都会感觉空荡荡的，心里一阵又一阵地难受。

我做梦都想再见到她。

我发誓，我要见到她！

孙先生笔录——老影厅

或许是我的祈求最终感动了上天，老天爷真的让我穿越了第四面墙，去到了墙的另一面。我穿过了白色的光幕，来到了那间老影厅。

我转过身，看见身后的那面白色光幕，白色的光芒逐渐消散，变成了一块巨大的电影银幕。

我意识到，我是从银幕里头穿越过来的。

可是，银幕却是银色的，我的意思是，上面看不到任何画面。我将手伸向银幕，摸到的，是切切实实的银幕。

你明白我的意思吗？我无法回去了，无法通过这块银幕回到病房内，我被困在了墙的另一面。

我转过身，再度看向那一排又一排的观众席，观众席上一个人都没有。又是那种空荡荡的状态。有那么一刻，我似乎看到了那个女孩，看到了她那身苋红色的连衣裙，看到了她那张模糊的带着氤氲笑意的脸。她就坐在那儿，坐在观众席的正中央，坐在七排十五号那个她专属的座位上。

我心想，如果我坐在那个座位上会是怎样的感觉呢？

于是，我冲上了观众席，在那个座位上坐了下来，恍惚间，我感觉自己似乎与她重叠在了一起。我并没有忘记自己的誓言，我发誓，一定要找到她！

于是，我站起身，离开了观众席。影厅一共有两个出入口，分别位于影厅的左右两侧。我首先朝着左边的那扇门冲了过去，发现那扇门被锁死了，根本推不开，于是，我转过身冲向了右边的那扇门，用力一推，将这扇门推开了。

孙先生笔录——游乐场

我推开了那扇门，瞬间就被外面白色的阳光笼罩，刺得我眼睛生疼，好一会儿才睁开眼，看清眼前的世界。

最先映入眼帘的，便是旋转木马，然后是远处的过山车和更远处的摩天轮。我意识到，自己来到了一座游乐场。

游乐场里空空荡荡的。突然，我看到一个红色的身影一闪而过。是在旋转木马那儿！

我看到一个红衣女孩，坐在旋转木马上。

旋转木马缓慢地旋转着，我立马冲了过去。可就在此时，大量的人潮从四面八方汹涌而来，顷刻间挤满了整座游乐场，将我淹没在人山人海中。

我不知道这些人究竟是从哪里冒出来的，他们的出现似乎就是为了阻止我的步伐，但是，我并不能被他们阻止。

我艰难地挤过一阵又一阵的人浪，终于来到了旋转木马前，此时，旋转木马已经停止了旋转。我翻越护栏，绕着旋转木马转了一圈，却发现，那个红衣女孩已经不在了。

就在这时，我听到不远处的高空传来了尖叫声。是过山车！我看到过山车上，坐着唯一的乘客。但我依旧看不清，只能看到一团红色的光芒在过山车轨道上飞速闪过。

是那个红衣女孩！

我敢肯定，就是她！

于是，我朝着过山车的方向狂奔而去。我必须争分夺秒，要在过山车的起始点截住她。我来到了过山车的起始点，时间刚刚好，我看到那辆过山车从起始点的一端缓缓地开了回来，停住了。然而，我却惊讶地发现，过山车上，一个乘客都没有。

我感到一阵失落，离开了过山车，目光却停留在了不远处的那座摩天轮上。

我看向摩天轮最顶端的那节观光车厢，突然有个念头浮现在脑海里，从那上面一定能够俯瞰整座游乐园，这样，我就能更容易地找到红衣女孩。

于是，我登上了摩天轮。

摩天轮缓缓旋转，逐渐将我升向高空。我看着窗外，向下俯视，不停地搜寻着红衣女孩的踪迹。

可是，我却始终无法从下面的人潮中找到她。

就在我的这节观光车厢升到最高点的时候，突然有人从身后用指尖戳了戳我的背。

我猛地一惊，因为车厢里只有我一个人！

我立马转过身，看见一个红衣女孩站在我面前。但是，尽管隔得这么近，我却始终看不清她的脸。

红衣女孩冲着我淡淡道："来追我吧。"

我愣在了原地，这时她转过身，用力推开了观光车厢的门。高空中寒冷的风席卷而入，我还没反应过来，那个红衣女孩就从我眼前消失了。

她跳了下去。

我被吓得瘫坐在了原地，这时，摩天轮突然剧烈地颤动起来，观光车瞬间朝一侧倾斜，我的身体失去重心，向前翻滚，整个人被甩出了门外。

我在高空中急速坠落，以为自己就要死了。

三秒钟后，我被一片蓝色的水域包裹，我坠落进了摩天轮下方的游泳池里，呛了好几口水，然后拼命地往上游。

孙先生笔录——浴室与裸男

我拼命地往上游，终于游到了水面，我趴在水池边沿的瓷砖上，伸长了脖子，大口大口地呼吸着。

过了好几秒，我才终于意识到，这里根本就不是游乐园的游泳池。而是一间室内公共浴场。四周弥漫着白色的雾气，我看到一个身形肥硕的裸男朝我走了过来。那个男人挺着一个硕大的啤酒肚，摇摇晃晃地朝我冲了过来。他"扑通"一声跳进了浴池里，然后一把将我抱住。我完全来不及躲闪，就被他强行摁进了水里。

我在水下感到窒息，奋力挣扎、反抗着。

他开始撕扯我身上的衣服，很快就将我扒得一丝不挂。他开始抚摸我的全身，我假装顺从，然后趁他放松防备，用膝盖全力顶向他的睾丸。他立马发出一声惨叫，松开了手，滑倒在了浴池里。

我乘机爬出浴池，赤身裸体地朝出口跑去。

身后，那个裸男也爬出浴池，朝我追了过来。

我回头看去，相信我，那绝对不是一个人类，而是一个怪物，那个怪物想要吃掉我！

他横冲直撞地朝我追了过来。

第三个病例：第四面墙

当我疯狂地逃窜时，脚底一滑，摔倒在了地板上。那个怪物来到了我的面前，我坐在地上，拼命地蹬着双腿，将自己的身子向后挪。

最终，我被那个怪物逼到了一个死角。

那怪物站在我面前，那个肥硕的啤酒肚上凸起的肚脐眼几乎就要贴到我的鼻尖。我能够闻到从他身上散发出来的猪屎一般的味道。

那味道恶心极了！

我的视线被他的肚子挡住了，看不到他的脸，但是我能够听到，他在笑，那笑声听上去就像是野兽的咆哮。

他伸出那双粗壮的大手，一把掐住我的脖颈，将我轻而易举地提了起来。我被他举到了半空中，如同一只快要被捏死的虫子一般拼命地挣扎着。

但是，他实在是太有力了，我根本就挣脱不开，逐渐地，我感觉自己要窒息了，整个人都开始发晕，那是一种死亡即将来临的感觉。

那一刻，我在想，如果我的手上能有一把冰镐该多好。

我正这么想着，突然，我的右手多了一样东西，我艰难地斜眼看去，发现那竟然是一把冰镐！我立马将冰镐锐利的尖部对准怪物的脖子，然后用尽全力扎了下去。

灼烫的猩红色血液立马从那怪物脖颈的大动脉喷溅而出。我抽出冰镐，又朝着相同的地方连续扎了好几下，每一次都扎得很深。

那怪物的喉咙被刺穿了，他看上去狰狞痛苦，却叫不出声来。他松开了手，用力捂住自己的脖子，血止不住地流，流得满身都是。我从半空中坠落在地。那怪物在我面前摇晃了几下，向后倒在地上，不停地抽搐着。

然而，我并不打算就此罢休。我骑在了他的肚子上，用冰镐疯狂地扎着他的胸膛，扎穿了他的心脏，扎烂了他的肺。

我不知道扎了多少下，只知道最后，我将那把冰镐深深地扎进了他的

人格分裂手记

肚子里。那肥硕的肚子瞬间爆裂开来，脂肪混着血溅得到处都是。

我扔掉了那把冰锄，回到了浴池里，将满身的血洗掉，然后在更衣室里找了件别人的衣服穿上，离开了浴场。

孙先生笔录——火车站

我推开了浴场的门，却发现自己来到了一座火车站的候车厅内，从格局上来看，是那种十几二十年前的老火车站。当我转过身，再度推开身后那扇门时，却发现门后面不再是浴场，而是一间休息室。休息室里，有许多西装革履的客人坐在沙发椅上，或看报纸，或互相交谈。这时，门内一名工作人员向我走来，彬彬有礼地对我道："先生，请出示您的贵宾卡。"

我道："什么贵宾卡？"

那名工作人员的态度立马变了，冷淡道："先生，很抱歉，这里是贵宾休息室，如果您没有办理贵宾卡，请在公共休息区候车，谢谢。"

他说完，就把门关上了。

我转过身，一脸茫然地看着候车厅里来来往往的人，我并不知道自己为什么会来到这里，也不清楚自己来到这里到底是为了什么。

我是来坐火车的吗？显然不是。

就在我打算离开火车站的时候，我突然看到一个红色的身影正在检票口排队——

是那个红衣女孩！

我立马穿过人群朝检票口冲去，可是，那个红衣女孩已经通过检票，进站了。

我想要插队，冲到最前面，却被工作人员拦了下来，于是只好排到队伍的末尾。

等排到我的时候，我才意识到，自己并没有票。

等一下，我真的没有吗？

第三个病例：第四面墙

就像我并没有冰锄。

我将手伸进荷包，果然摸到了一张纸，掏出来一看，正是一张火车票。

我试探性地将火车票递给了检票员，检票员看了一眼票，然后在票的一角咔嚓打了个洞，把票递还给我道："进去吧。"

我就这样通过了检票口，来到了站台，一列老式绿皮火车早已经等候在了站台上。

当我来到站台上的时候，所有的人都已经上车了，我是最后一个上车的。

我从第十一节车厢上了车，可是一上车却发现，眼前并不是火车的车厢，而是一条长长的走廊，看上去像是医院的走廊。

走廊的尽头有一扇门，门上面挂着一块灯牌，上面写着：手术中。

孙先生笔录——手术室

我顺着走廊往前走，推开了手术室的门。

我看到手术室里，一名医生和三名女护士围在手术台前，一个女人躺在手术台上。

医生和护士们看到我，立马举起手术刀朝我冲了过来。

我吓得立马转过身，朝走廊的另一头跑去。

走廊的另一头也有一扇门，上面写着：EXIT（出口）。

我朝着出口狂奔而去，那名医生和三名女护士不停地挥舞着手中的手术刀，每次回头看去，那刀刃上白色的寒光在天花板的日光灯下显得格外晃眼。

终于，我来到了出口的那扇门前，却怎么也推不开那扇门。

身后，那四个人越逼越近。

我拼命地撞击着这扇门，一下，两下，三下。

那四个人已经来到了我背后，我扭过头，看见领头的那名医生已经扬起了手中的手术刀，就要向我刺来。

孙先生笔录——老影厅

我又猛地撞了两下门，最后一下，门终于撞开了。

我立马闪到门后，将门"咣"的一声关上了，然后把门上了锁。只听到门的另一头传来了剧烈的撞击声，我用身体死死地堵住门。大概半分钟之后，撞击声停止了，我总算松了一口气，向后退了两步，坐在了一把椅子上。

我环顾周遭，这才意识到，我又回到了那间老影厅内。

此时，大银幕上再度亮起了白光，变成了一片白色的光幕。

我朝着那片光幕走去，穿过了那面白色的光墙，回到了病房内。

回来后我才得知，时间已经过去一个星期了。

关于孙先生

看完孙先生的笔录，我、郑警官和周医生一起开了个小会。经过讨论，我们得出了一个共同的结论，那就是，根本不存在什么第四面墙后的世界，孙先生所描写的，正是他自己精神世界当中的情形。

至于孙先生是如何从病房中消失的，郑警官分析，一定是医院当中的某个医护人员将孙先生带走了一段时间，又给送了回来。而监控录像方面……既然是医院内部的人干的，那么，伪造监控录像内容也并不是什么不可能的事情。

至于是什么人干的，这么干的动机又是什么，这个还有待调查。

反正我们根本不会相信，孙先生去了墙的另一面。

周医生认为，一个人的精神世界所反映出的内容，大多与此人过去的经历有关。所以，想要搞清楚这一切，就必须了解这个人的过去。

第三个病例：第四面墙

关于孙先生，医院里的记录少之又少。只知道孙先生是一个不入流的作家，长期给一家杂志社供稿，依靠微薄的稿费度日。孙先生独自一人住在这座城市里，租住一间三十平方米小公寓，平常很少出门，大多数时间都在屋里写作，几乎没什么朋友。

首先发现孙先生精神异常的，正是杂志社的编辑。两年前，有段时间，社里的编辑发现孙先生发来的稿件，内容全都是错乱的，充斥着扭曲的妄想和颠三倒四的语句，前后文逻辑混乱，简直就像是一个疯子写出来的。

于是他们电话联系了孙先生。电话中，孙先生反复地朗诵着《哈姆雷特》当中的台词。当时编辑在电话中问："请问您是孙先生吗？"

孙先生却在电话中厉声驳斥道："请尊称我为殿下，你这粗鄙的、无知的、不知所谓的愚民！"

编辑们发现孙先生不对头，于是通过他的寄件地址，找到了他所在的出租屋。

我特地联系了那位编辑。

那位编辑在电话中说道："我是专门负责孙先生稿件的责编，当时社里担心孙先生的状况，再加上社里急需用稿，所以派我去找他。我找到他所在的出租屋，孙先生亲自给我开的门。只不过，当时他显得很奇怪。"

我问："怎么个奇怪法？"

编辑道："当时他穿着一身白大褂，戴着口罩，打扮得像个医生，手里还举着手术刀和手术钳。他请我稍等片刻，说正在给一位患者做手术。他说完，就转过身，进了里屋。我感到很好奇，悄悄地走了过去，推开了里屋的门，我看到……我看到……"

编辑的声音变得有些惶恐。

我问："你看到了什么？"

编辑道："我看见一张长桌上，躺着一个女人，那个女人穿着红色的连衣裙，被开膛破肚……而孙先生，正在用手里的手术刀，切割那个女人的脸颊。那个女人一动不动，我敢肯定她已经死了。孙先生发现了我，朝我冲了过来，我立马转过身，逃离了那里，然后报了警。"

孙先生被警方逮捕之后，做了精神鉴定，被检查出很严重的精神问题，于是被送到了精神病医院接受治疗。

孙先生每隔一段时间都会妄想自己成为另外一个人，例如话剧演员、政客、老师、医生等等。

直到半年前，他开始幻想第四面墙的存在。

周医生推测，孙先生所幻想的第四面墙中的那名红衣女子，正是被他在出租屋里开膛破肚的那名女子。

小说

我向杂志社要来了孙先生多年以来为这家杂志社撰写过的全部稿件的电子稿，其中一篇稿件一下子吸引了我的注意，因为它和其他的文稿不同，其他的文稿全都是 Word 文档的电子稿，只有这份文稿是扫描件，字全都是手写的。

编辑告诉我，这是孙先生寄给杂志社的第一份文稿，是手写的，当时这篇稿子杂志社并没有采用，所以便没有编辑成电子文稿。这次我提出需要这些稿件，于是杂志社特地将这份手写稿进行了扫描，然后将扫描件发给了我。

这是一篇短篇小说，小说的名字叫《红色的女孩》。

03 红色的女孩

狂犬病

女孩被狗咬了。

红色的女孩独自一人蜷缩在空屋的一角,红色的女孩被狗咬了。她看着自己右脚脚踝上的两道伤痕,伤口早已经愈合结疤。没错,被狗咬,是一个多月前的事情。

红色的女孩永远忘不掉那条大狗,当时那条黄色的大狗就这样朝她冲了过来。她转过身跑呀跑,跑呀跑,可还是被那条发疯的黄色大狗撵上了。

发疯的黄色大狗咬伤了红色女孩的脚踝。

红色的女孩独自一人蜷缩在空屋的一角,她害怕极了。突然,窗外一抹白色的阳光打在了她的身上,她立马翻滚身子,躲到了阴暗的地方,瑟瑟发抖,就好像阳光会将她灼伤一般。

此时,她的听觉神经仿佛一瞬间被放大了,她能够听到墙壁里,水在水管中流动的声音。那声音足够令她感到恐惧。于是，她又开始在地上翻滚，尽可能地远离墙壁，来到了空屋的正中央。

　　红色的女孩独自一人蜷缩在空屋的正中央，她的身体开始抽搐、痉挛，呼吸都变得愈发困难。这种近乎癫痫的状态令她不得不将整个身体都贴在了地上。这时，她的耳朵仿佛听到了说话声，是从楼下传来的说话声。

　　那声音在红色女孩听来，就像是对着麦克风在说话一样，格外清晰。

　　是女孩的妈妈在说话："医生，你快救救我女儿吧！"

　　紧接着，红色女孩听到了脚步声，那脚步声上了楼，走进了这间空屋。

　　女孩的眼前一片模糊。她只看到一个模糊的白色身影朝她走来。来者伸出手，撑大了女孩的眼睛，然后掏出手电筒，对着女孩的瞳仁照了照。女孩怕光，强烈地反抗，还差点咬伤医生的手。医生一把将她推开了。

　　红色的女孩蜷缩在黑暗中，瑟瑟发抖，她模糊的视线里，医生叹了口气，摇了摇头，然后便转身离开了。

　　女孩看到那个白色的身影远去，继而听到脚步声下了楼。然后，她听到了妈妈急迫的声音："怎么样，医生？到底怎么样了？"

　　医生问："你说你女儿一个多月前被狗咬过是吧？"

　　妈妈道："是的。"

　　医生问："当时有去打狂犬疫苗吗？"

　　妈妈道："没有，只是在家里用清水洗了洗，把伤口给处理干净了，应该没事吧医生？"

　　医生道："狂犬病发作，你女儿活不了几天了。"

　　妈妈道："可是这一个多月来，我女儿都好好的啊。"

　　医生道："狂犬病是有潜伏期的，少则个把月，多则一年，甚至十来年才会发作。很抱歉，就现在的情况来看，你女儿的狂犬病已经发作了。"

妈妈哭求道:"医生,求求你,求求你救救她!"

医生无奈道:"狂犬病发作,死亡率几乎为百分之百,病程为十日,十日之内,必死无疑,无药可医。对不起,我没办法。"

女孩听到楼下传来了妈妈的号啕大哭。

我,就要死了吗?

女孩这么想着,痛苦地闭上了眼睛。

献 祭

当红色女孩醒来的时候,发现自己浑身赤裸地泡在浴池里。满池的热水仿佛是迷魂药,令她浑身酥软,只能瘫坐在水中,无法动弹。

这时,她看到白色的迷雾当中,一个肥硕的裸男朝她走了过来。她感到害怕极了,想要逃走,但是,身体却不听使唤,变得沉重不堪。此刻,红色女孩的身体仿佛变成了一个禁锢住她灵魂的牢笼。

那个裸男走进了浴池,朝红色女孩缓缓走去,他伸出手,抚摸红色女孩的胸部,然后侵犯她。红色女孩想要反抗,可是,她的身体就是无法动弹。

过了好一会儿,红色女孩身体里麻醉药的药性终于过去了,她忍受着被侵犯的剧痛,开始极力反抗,想要将眼前这个肥硕而又臃肿的男人推开。没想到,这个男人却更加用力。红色女孩张开嘴,狠狠地咬向男人的手臂。可是,这反而更加激起了这个男人的兽欲。

男人结束之后,转过身离去了,丢下红色女孩一个人。

女孩浑身虚脱,整个身子都滑落进了水中。

这时,女孩的妈妈冲了进来,一把将女孩从水中抱起。

女孩在妈妈的怀里瑟瑟发抖。

妈妈抚摸着女孩的后脑勺道:"没事了,一切都结束了,没事了。"

女孩用虚弱的声音道:"是你安排的吗,妈妈?"

妈妈继续抚摸着女孩的脑袋，哭了出来："只有这样才能救你，你懂吗？"

女孩向上看了眼妈妈，一脸诧异："救我？"

妈妈道："那个医生答应了，他答应救你了。这是一场献祭，他已经帮你祛除了你身体里的狂犬病毒。你不会有事了！一切都已经结束了。"

女孩哭了起来，妈妈紧紧地搂住她，母女二人在浴室里哭作一团。

突然，女孩用力抓住妈妈的头发，将她向前一拽，妈妈脚底一滑，跌进了浴池里。女孩坐在浴池边，死死地摁住妈妈的后脑勺，将妈妈的整个脑袋都摁在了水里。

妈妈在水中拼命地挣扎，但是女孩就是不松手，越按越用力，直到最后，妈妈的挣扎彻底停止，她溺死在了浴池中。

事 故

女孩因为弑母，被警方逮捕，由于未满14周岁，所以并没有承担任何刑事责任。几个月过去了，女孩还活着。按照常理，狂犬病发作应该活不过十天。是献祭起了作用吗？不！女孩根本不相信所谓献祭那一套，她坚信自己从一开始就没有感染狂犬病，而是那个医生欺骗她妈妈，想要以献祭为名侵犯她。

女孩的爸爸在她3岁那年就病逝了，这么些年，她一直和妈妈住在一起。妈妈死后，她被送到了爷爷奶奶那儿，在两位老人的抚养下继续生活下去。

被那个男人侵犯之后，很长一段时间里，女孩做梦都会梦到那个男人，梦到他那肥硕的身体，甚至能够嗅到从那个男人身上散发出的，犹如猪屎一般令人作呕的恶臭。

她开始讨厌男人的身躯，变得喜欢女人。

高二那年，女孩在学校里交往了一个女友。她的女友和她一样，也喜欢穿一件红色的连衣裙。两人时常穿着同款的红色连衣裙走在路上，在外人看来，她们如同亲姐妹一样亲密。可是只有她们知道，她们是一对热恋中的情侣。

高三那年，女孩和她的女友一块儿到游乐场玩，俩人抱在一起，坐了旋转木马，又坐了过山车。但是，整个过程，女孩都看得出，她的女友有些郁郁寡欢，看上去像是有什么心事。

两人一块儿坐上了摩天轮，摩天轮缓缓升向高空。

在红色女孩的追问下，她的女友终于道出了自己的心事，她缓缓道："不如，我们就到这里吧。"

女孩道："你说什么？"

女友道："我们，分开吧。"

女孩不敢相信自己的耳朵："你说分开？为什么？我们说好要一辈子在一起的！"

女友道："我……我把你的事情，跟我家里人说了，他们……他们都不同意我和你在一起。"

女孩道："这就是你的理由？"

女友道："另外……另外……我……最近，交往了一个男朋友，他对我挺好的，所以……"

女孩定定地看着自己的女友，两个人就这样相互对视着，不发一语。

就在她们那节观光车厢升到最高点的时候，车厢的门，突然霍地打开了。寒冷的风从门外席卷而入，在女孩的耳边隆隆作响。

她感觉，这仿佛是天意。

于是，她一把拽住女友的头发，两人在车厢内撕扯了起来。女孩将女友拽到了门边，车厢在高空中剧烈地晃动着。

女孩用右手死死地拽着女友的头发，将女友的半个身子都向外拽了出去。女友的身子向后仰着，半个身子倾斜在车厢外，只要女孩一松手，女友就会从高空中坠落下去。

高空中，女友哭着求饶道："放过我吧，放过我吧。"

红色女孩道："这是你自己选的，你选择离开我，我给过你机会了。"

女孩说完，松开了手。

游乐场方面报了警，警方赶到的时候，红色女孩正在游乐场的休息区掩面哭泣，看上去十分伤心。

她一边抽泣着，一边向警方阐述情况："当时……当时我和她坐在里面，突然，车厢的门开了，我们很慌，上面风很大，车厢被风吹得不停地摇晃。我同学重心不稳，朝门外摔了出去，我想要抓住她，但是没抓住……然后……然后……"

最终，警方采纳了女孩的说法，将这起事件定性为由于游乐场设备出现故障而导致的意外事故。

新 闻

《红色的女孩》这篇小说，似乎并没有写完，写到游乐场这里，就没有继续写下去了。我拿着这篇小说，去问孙先生，这小说里的事情是真实的，还是虚构的。他却摇着头对我道："不记得了。"

我总感觉，小说中的红色女孩，就是孙先生无数次在所谓第四面墙后看到的那个红衣女孩。如果红色女孩是真实存在的，那么，游乐场的那起事故，也应该能够查到。

于是，我开始上网搜索游乐场摩天轮事故方面的新闻，果然查到了一则十五年前的新闻——

×市游乐场发生摩天轮坠亡事故

17日下午三点，×市游乐场摩天轮在运行中突发故障，故障导致一节

第三个病例：第四面墙

观光车厢的门自动打开。当时该节车厢正运行在距离地面三十米的高空。车厢内共有两名女性游客，为同一所学校的高中生。其中一名游客因为车厢在高空中发生颤动，跌出车厢，意外坠亡。游乐场方面表示，将承担全部事故责任。

这则新闻里描述的这起事故，和孙先生小说里所描述的那起事故意外吻合。

我和周医生以及郑警官决定，前往新闻中所报道的那家游乐场，对这两名女孩的身份进行调查。

调查

第二天下午，我们驱车抵达了×市，并且找到了那座游乐场。十五年过去了，这座游乐场还在照常运营着。

我们找到了游乐场的负责人，负责人证实了那起事故的存在，但是，当我们问到关于那两个女孩信息的时候，他却说不记得了。

我们查到了这座游乐场所属的片区，于是找到了片区内的派出所。当时这个事故，应该是这家派出所负责的，所以，一定能够查到那两个女孩的信息。

由于郑警官忘带警官证，无法证明自己的身份，所以派出所拒绝向我们提供有关那两个女孩的任何信息。

因此，我只好打电话求助陈警官。

陈警官告诉我，如今公安系统都是联网的，有什么需要的信息，他可以直接通过他们局里的系统查到。

于是，我向陈警官提供了十五年前摩天轮坠亡事故的时间、地点以及当时负责这起事故的派出所等信息，很快，陈警官就给我回电说查到了："那两个女孩，死的那个，叫郭可欣；活着的那个，叫刘雅洁。当时她俩都是高三学生，同班同学。那天两人相约到那座游乐场玩，就发生了那起意外事故。郭可欣从摩天轮高空坠落，当场死亡。"

我问："那刘雅洁呢？"

陈警官道："刘雅洁倒是一点事都没有，在家休息了一个星期，继续去学校上学了。"

我道："请问刘雅洁是不是没有父母？"

陈警官道："嗯。她爸在她3岁那年，得病死了。她妈……算了……这个我就不说了，不太好说。"

我追问道："她妈怎么了？"

陈警官道："她妈在她13岁那年，被她杀掉了。她自己报的案，自首，警方赶到案发现场的时候，她妈已经被溺死在了浴池里。由于当时她未满14周岁，根据法律规定，她不用承担刑事责任。那之后，经过了一番批评教育和几个月的心理辅导，她被送到她爷爷奶奶那儿继续生活了。"

陈警官接着道："这女孩高考考得不错，我查到了她的电子档案，她当时考取了上海复旦大学。大学毕业后，就没有她的档案记录了。这说明她并没有到正规的企业或者公司去工作，要不然都会有档案记录的。"

我问："她爷爷奶奶家在哪儿？她当时在哪所高中就读？"

陈警官道："她爷爷奶奶五年前就已经过世了，那里的老房子两年前也已经拆掉了。"然后，他把刘雅洁当时就读的高中告诉了我。

学校

我们立马前往刘雅洁当年就读的高中，并且找到了现在依然还在这所高中执教的刘雅洁当年的班主任徐老师。

徐老师看了眼周医生，愣了一会儿。周医生道："怎么了？"

徐老师立马有些尴尬地将眼神移开道："没什么，没什么，只是觉得，你好像有些眼熟，但是又想不起来在哪里见过。"

周医生笑了笑道:"我大众脸。"

我问:"徐老师,当时刘雅洁在班上是个怎样的学生?"

徐老师道:"她成绩很好,一直都在班上名列前茅,而且也挺懂事的,很听老师的话。"

我问:"那次事件之后呢?"

徐老师明白我说的是哪次事件,于是道:"对她好像没什么影响,这孩子心理素质挺强的,当时已经快临近高考了。那段时间里的一些学生都在传,说郭可欣是刘雅洁推下去的。我觉得这纯属无稽之谈,警察都说了,郭可欣那是个意外。我当时还害怕刘雅洁会因为这事影响学习,不过后来事实证明,我的担心是多余的,她高考考得很不错,记得是考上了复旦大学。"

我问:"当时班里,有没有一位姓孙的男同学,对郭可欣或者刘雅洁有好感之类的?"

徐老师皱了皱眉道:"我记不太清了,但我记得好像没有,当时班里没有一个学生是姓孙的。"

随后,我们联系上了复旦大学,但是关于刘雅洁的情况,我们几乎没有了解到任何有价值的信息。

似乎没有人知道,刘雅洁大学毕业之后去了哪里。

转机

就在关于刘雅洁的调查陷入僵局的时候,陈警官突然给我打来电话。电话中,陈警官十分激动地对我说:"你交给我的任务,我完成了。"

我兴奋道:"你找到刘雅洁的下落了?"

陈警官道:"我通过刘雅洁的身份证号码查到十年前刘雅洁曾经在一家医院登记过,我联系上了那家医院,院方说她当时接受了一场手术,你猜是什么手术?"

我道："什么手术？"

陈警官道："变性手术。"

我道："你是说，刘雅洁做手术，把自己从女人变成了男人？"

陈警官道："没错，我向他们要到了刘雅洁变性前后的对比照片，你要看吗？"

我道："快发给我！"

片刻之后，我的邮箱便收到了一张照片，我点开那张照片一看，彻底愣住了，郑警官看了眼，也愣住了。照片分为左右两部分：左边站着一个女人的裸体，上面写着"术前"；右边站着一个男人的裸体，上面写着"术后"。

我将照片缓缓地转向周医生。

周医生看到照片道："怎么可能？！照片上的这个男人……是我！"

周医生看着照片，当场晕厥了过去。

梦 醒

周医生躺在躺椅上，双目紧闭。

我、郑警官、陈警官、徐老师站在他面前。

"3、2、1，醒来！"

郑警官用力打了个响指，周医生便睁开了眼，从躺椅上坐了起来，大口大口地喘息着。

周医生捂着脑袋，一脸茫然地看了看四周，这里是精神病医院的诊疗室。

周医生问道："我怎么会在这里？我之前不是在……我到底睡多久了？"

郑警官道："你一直都在这里，大概睡了五个小时，准确地说，你不是睡着了，而是被催眠了。"

周医生眉头紧蹙："催眠？"

郑警官道:"催眠疗法。"

周医生问道:"催眠疗法?不对,我刚才做了个梦,我梦到了你们。你、你,还有你!"他分别指向郑警官、徐老师以及我。

陈警官道:"还有我。"

周医生道:"对,还有你!不过你没有出现,但是,我听得出你的声音,你一直在和他(指我)通电话!"

郑警官道:"那么,你现在想起你是谁了吗?"

周医生一脸茫然道:"我是……谁?"

郑警官耸了耸肩道:"看来还是需要加深一下回忆。把照片给他看。"

我把那张变性手术对比照片递给周医生。

周医生接过照片看了看,一言不发,他将照片的正面压在膝盖上,一言不发。

郑警官道:"其实我并不是什么警官,而是你的主治医生。你也不是什么医生,而是我的患者。"

周医生道:"我是你的患者?这不可能!我一直都是这家医院的医生!"

郑警官问:"那么,周医生,你的患者在哪儿呢?"

周医生道:"那位孙先生……"

郑警官道:"哪有什么孙先生?孙先生就是你自己,是你自己幻想出来的一个人物。你幻想自己是一名精神病医生,为了营造这种幻想的真实感,你给自己创造了一个被称为'孙先生'的病人。孙先生为什么会突然从病房里消失?那是因为他本来就不存在,是因为当时你的病情有所好转,所以看不到孙先生这个幻想出来的人物了。根本不存在什么第四面墙,孙先生也从未去过第四面墙的另一面。孙先生不过是你的另外一重人格,七天后,你的症状复发,那重人格又回来了,于是你又看到了孙先生。至于孙先生在第四面墙后面看到的那个红衣女孩,就是你自己,就是你变性之前原本的样子！"

周医生愣愣道："是……是这样吗？"

郑警官接着道："为了重新唤起你的记忆，我不得不将你过去的资料全部整理了一遍，然后找来了方记者、陈警官以及你过去的高中班主任徐老师，共同完成这次催眠治疗。目的就是能够给你营造出一个真实的情境，就是让你在这个情境当中，亲手挖掘出自己的过去。那么现在，你想起你是谁了吗？"

周医生微微一笑道："我想起我是谁了，不过，你说了这么多，你想起来你是谁了吗？"

郑警官一愣："什么？"

周医生将膝盖上的照片递给郑警官道："你看看这照片上是谁？"

郑警官接过照片一看，整个人都怔住了："这个照片上的男人……是我？！"

周医生道："你终于想起来了。"

郑警官道："我……不是这里的医生吗？"

周医生耸了耸肩道："我们也希望你是，可惜，你不是。长时间以来，你都在试图忘记自己真实的身份。"

郑警官道："我的……真实身份？"

周医生道："你就是刘雅洁，那个红衣女孩。孙先生也是你，那是你在杂志上发表文章的笔名。两年前，你因为精神错乱，在出租屋里杀害了房东的女儿，并对其尸体进行了解剖，就因为被害人总喜欢穿一件红色连衣裙。然后你被送到了这里。到了这里之后，你开始妄想自己是这里的医生，为了增强这种妄想的真实性，你幻想出了一个病人，那个病人就是孙先生。"

郑警官道："可是，我分明记得，我们还和孙先生对过话，如果这个人是我幻想出来的，你们当时是在跟谁说话？"

周医生道:"跟你。我们在跟你对话。你一个人分饰两角,既扮演你自己,又扮演孙先生。"

郑警官道:"你们为什么不一开始就告诉我?"

周医生道:"因为你完全沉浸在医生这个角色中了,我们需要你自己发现真相,只有这样,你才会真正地想起来。"

郑警官……现在应该称他为郑先生了。

郑先生沉默地低下了头。

周医生道:"你还恨她吗?"

郑先生抬起头:"恨谁?"

周医生道:"你的闺密,郭可欣。"

郑先生道:"我从来没有恨过她。"

周医生道:"你杀掉房东的女儿,不就是因为恨吗?郭可欣喜欢穿红色连衣裙,于是,你把房东的女儿当成了郭可欣,所以杀了她。"

郑先生道:"我杀的不是郭可欣,而是刘雅洁。"

周医生恍然大悟道:"你想杀掉自己的过去。"

郑先生再次垂下了头,一句话也不说了。

疑似尾声

对郑先生的催眠治疗结束的次日,之前那位在病房里用脑袋撞墙的306号病房患者终于苏醒了过来,并且很快恢复了说话的能力。

他醒来后对我们说的第一句话便是:"有人杀了那个女孩!"

我们几个人面面相觑。

我道:"什么女孩?"

这位患者道:"墙后面的那个女孩!"

我怔住了:"什么墙?"

这位患者道:"第四面墙!那个女孩每天都会来看我,每次她都会穿着一条红色的连衣裙！"

红色连衣裙！

这位患者道："可是，那天晚上，有人杀了她！在第四面墙后面，她被人杀掉了！"

我惊愕道："你也能看见第四面墙？"

这位患者道："是那个人杀了她！"

我问："谁？"

这位患者道："我不知道他叫什么，也不知道他是谁，但是我听到她喊他孙先生！"

我倒抽了一口凉气："她喊他孙先生？可孙先生是不存在的！"

这位患者道："孙先生杀了她！孙先生杀了她！孙先生杀了她！孙先生杀了她！他现在，要来杀我了！"

他说着，突然用双手掐住了自己的脖子。

我和周医生惊道："你干什么？"

他的双手越掐越紧，只见他的整张脸都憋红了，他声音呜咽道："不，不是我，不是我，是孙先生，快，快救救我！"

我和周医生以及陈警官立马冲上去，试图将他的双手掰开，可是，却怎么也掰不开。

他将自己的脖子掐得更死了，双腿在床上乱蹬，面目狰狞，如同一个溺水者在做最后的垂死挣扎。

一分半钟后，我们费了好大劲终于掰开了他的手。

然而，他已经断气了。

04 停尸间重生

孙先生

当地警方赶到医院，检查了死者的死因，并且对我们以及当时在场的所有人进行了审讯，最终，他们得出结论，306号病房患者赵先生，是因为精神失常而自杀的。但我和周医生都十分清楚，事情远远没有那么简单。

患者临死前提到的第四面墙、孙先生……是孙先生杀了他吗？

可是，孙先生分明只是郑先生幻想出来的一个人物，一个只存在于精神幻想中的人物，怎么会跳到现实中来杀人呢？

那天晚上下起了很大的雨，我和周医生在诊疗室里专程就孙先生的事情对郑先生进行了又一次催眠。

郑先生躺在沙发椅上，陷入了催眠状态。

周医生问："你和306号病房的那位患者认识吗？"

郑先生道："306号病房有两位患者。"

周医生道:"姓赵的那位。"

郑先生道:"认识,怎么了?"

周医生道:"今天上午,那位患者死了。"

郑先生淡淡道:"哦。"

周医生问:"你知不知道他是怎么死的?"

郑先生道:"不知道。"

周医生道:"他用双手掐住自己的脖子,把自己掐死了。"

郑先生道:"自杀啊。"

周医生道:"看上去,的确像是自杀。但是,临死前,他一直在喊救命。你知道是为什么吗?"

郑先生道:"你不是说他是自杀的吗?自杀干吗还要喊救命?"

周医生道:"他说是孙先生要杀掉他。"

郑先生道:"哦,那很正常。"

周医生道:"正常?你知道孙先生要杀掉他?"

郑先生道:"因为他看到了某些他不应该看到的东西。"

周医生道:"306号的那位患者临死前曾经说过,他看到了第四面墙,他看到孙先生在第四面墙后杀了那个红衣女孩。"

郑先生道:"关于红衣女孩的事情,你们不是已经了解得很详细了吗?"

周医生笑了笑道:"起来吧,你从一开始就没有被催眠。"

郑先生笑了笑,从沙发椅上坐了起来,然后端起一旁的白开水喝了两口,道:"你终于看出来了。"

周医生道:"从一开始,你就在配合我们演戏。你压根没有被催眠,却装作被我们催眠了。"

郑先生笑了笑道:"有时候,陪着你们演戏,也是一件挺过瘾的事情。"

周医生道:"所以你承认了。那么,现在最值得怀疑的就是,之前那个红衣女孩故事版本的真实性。"

郑先生道:"你们所了解到的信息,都是真的,只是,有些故事细节,是不为你们所知的。"

周医生道:"那就给我讲讲,那些不为我们所知的细节。"

郑先生道:"其实,我和孙先生都来自墙的另一面。"

三重人格

我和周医生一怔。

我道:"怎么可能?第四面墙根本不存在,那只是你幻想出来的一面墙。"

郑先生道:"我早就说过了,我们每个人都有一面墙。"

我道:"所以我们全都是亚基因人种?"

郑先生笑了笑道:"亚基因人种的说法是瞎编的,根本就不存在什么亚基因人种。"

我道:"那你们又是什么?你和孙先生,以及墙的另一面。"

郑先生道:"我也不知道我们是什么,至于墙的另一面,从一开始就存在。"

我道:"什么叫从一开始就存在?我没听明白。"

郑先生道:"如果这世界上真的存在造物主的话,我想,这一定是造物主的安排。每个人的面前都有一面墙,墙的另一面,总会有人陪伴着你。或许是造物主觉得,人生来孤独,于是创造了这道墙以及墙后面的人,来陪伴每一个孤独者。"

我道:"所以,你和孙先生是造物主安排在墙的另一面的人?"

郑先生点了点头:"我和孙先生共同陪伴着一个人,那个人就是刘雅洁。"

周医生道："刘雅洁不就是你自己吗？"

郑先生摇了摇头道："刘雅洁，去了墙的另一面。"

周医生道："你说什么？"

郑先生道："问你们一个问题啊，你们觉得，刘雅洁狂犬病发作，为什么没有死？"

我道："因为她根本就没有感染狂犬病。"

郑先生道："她感染了。"

我道："那她为什么没有死？"

郑先生道："是我和孙先生救了她。我们穿过了第四面墙，进入了她的身体里，帮她清除了狂犬病毒。而代价便是，刘雅洁必须去墙的另一面。"

我道："等一下，我没明白，她为什么必须去墙的另一面？"

郑先生道："因为她太虚弱了，如果继续待在自己的肉体里，会死的。所以，我和孙先生承担起了保护她肉体的责任，直到恢复到足以承担自己的肉体的程度，她才能回来。"

我问："她需要多久才能恢复到你说的那种程度？"

郑先生道："我也不知道，那个过程极其漫长，也可能永远都无法恢复。"

我道："也就是说，在刘雅洁的肉体里，同时住着你和孙先生两个人，而刘雅洁的灵魂去了墙的另一面，你是这个意思吧？"

郑先生道："也许你会认为这是我双重人格的表现，其实不然，我和孙先生都深爱着刘雅洁，愿意为她做出任何事情。我们帮她杀掉了她的母亲，还悄悄干掉了那个强奸她的医生。杀医生那件事情我们做得很干净，所以，警方一直以为那只是一场意外。"

我问："那郭可欣呢？"

郑先生道："刘雅洁透过第四面墙，指挥着我和孙先生，她喜欢郭可欣，于是命令我们按照她的指示，操控她的肉体，和郭可欣谈恋爱。"

我道："最后在摩天轮上杀掉郭可欣也是……"

郑先生点了点头道："也是她的意思。"

我道："包括变性手术也是……"

郑先生道："也是她的意思。郭可欣那件事情之后，她似乎开始变得有些扭曲，到最后开始跟自己肉体的性别过不去，她想把自己变成男人。"

我道："那她为什么要命令你们杀掉房东的女儿？"

郑先生道："因为我多看了房东的女儿两眼，刘雅洁认为我对她不忠，于是逼着我杀了房东的女儿。"

我道："也就是说，你们所做的一切都是为了她？"

郑先生点了点头。

我道："可是，你说孙先生杀了她，既然你们那么爱她，为什么要杀掉她？"

郑先生强调道："是孙先生杀了她，不是我杀了她。请不要用'你们'。"

我道："孙先生为什么要杀她？"

郑先生道："因为她离开了我们。"

我道："她离开了你们？她去了哪儿？"

郑先生道："墙的另一面，就像一个巨大无比的电影院，有无数个影厅。每一个影厅都对应着这个世界上的每一个人。观众可以自行选择自己所喜爱的影厅。"

我道："也就是说，刘雅洁离开了你们这间影厅，去了别人的影厅？"

郑先生道："没错。"

我道："我能问一下，她去了谁的影厅吗？"

郑先生道："一开始我也不知道她去了哪儿。最后孙先生忍不住，回到了墙的另一面去找她。"

我抓住了他话里的漏洞道："等一下，既然你们能回去，能回到墙的另一面，而你们又那么深爱着刘雅洁，你们为什么不干脆一点，直接回到墙的另一面，这样不就和刘雅洁在一起了吗？我是说，何必要隔着一面墙呢？"

郑先生道："如果我和孙先生都离开了，这具肉体里就没人了，就会腐烂你知道吗？我们的任务是守护这具肉体，等待刘雅洁有朝一日的回归。"

我道："你们不是两个人吗？你们可以轮流回去啊。"

郑先生道："刘雅洁不让我们回去。"

我问："孙先生是在哪里找到刘雅洁的？"

郑先生道："孙先生应该是去了306号病房那位赵先生的影厅里，将刘雅洁杀掉了。还记得那天赵先生在自己的病房里撞墙吗？我猜测当时他一定是目睹了刘雅洁被孙先生杀害的画面，所以用脑袋撞墙，想要撞破第四面墙，冲进去救人。"

我问："孙先生是哪天离开的？"

郑先生道："就是我说孙先生从病房里消失的那天，从那天后，孙先生就再也没有回来过。"

我道："不对啊，七天之后，孙先生又回来了，当时我们还和你体内的孙先生对过话。"

郑先生道："那是我为了陪你们演戏，冒充的孙先生，其实他一直都没有回来。"

我道："然后你想说，赵先生醒来后，孙先生通过赵先生的第四面墙，进入了他的身体里，并操控他的身体自杀？"

郑先生点了点头。

我道："可为什么赵先生也能够看到第四面墙？"

郑先生道："其实我们每个人都能看到。"

我道："我为什么看不到？"

第三个病例：第四面墙

郑先生道："因为你不想看到，你怕被人当成疯子。你想看到某个东西，你就必须相信它存在。你相信第四面墙存在吗？"

我摇了摇头道："我不信。"

郑先生耸了耸肩："所以你看不到。"

周医生笑了笑道："你知道你这种情况叫什么吗？"

郑先生道："什么？"

周医生道："三重人格。你所说的这一切，不过是你体内三重人格分裂的表现。郑先生、孙先生以及刘雅洁，其实都是你体内的人格。至于第四面墙，根本就是你虚构出来的。你曾经写过一部科幻小说，就叫作《第四面墙》。另外，306号病房的赵先生，曾经跟你交往甚密。他的室友反映，自由活动的时候，你时常对赵先生说一些奇怪的话，其中就包含了关于存在'第四面墙'的言论。所以，我有理由相信，第四面墙，是你灌输给赵先生的，让他相信第四面墙的存在，导致他误以为自己真的能够看到第四面墙，继而精神失常。我做个更加大胆的假设，你还同时向赵先生灌输了一重人格，那重人格就是孙先生。经过你无数次的反复灌输，成功地让孙先生人格在赵先生体内成型，最终，赵先生被自己体内分裂出来的孙先生人格给杀掉了。"

尾声

　　郑先生道:"周医生,你的想象力还真是……"他说着,突然眉头紧蹙,看上去很痛苦。
　　周医生问:"你怎么了?"
　　郑先生道:"有什么东西,有什么东西进来了!"
　　我感到一阵冷汗直冒:"是孙先生吗?"
　　郑先生疯狂地用双手抓挠自己的头皮,突然他抬起头道:"怎么会是你?你不是已经被孙先生杀了吗?"
　　就在这时,郑先生的语调变了,变成了另外一种语气,就连嗓音都变得沙哑:"他的确试图杀掉我,不过很可惜,他反而被我干掉了!"
　　正常嗓音:"你是来杀我的吗?"
　　沙哑嗓音:"不然呢?"
　　正常嗓音:"是孙先生要杀掉你,和我无关,你知道吗?"
　　沙哑嗓音:"我来都来了,你总不能让我白来吧!"

第三个病例：第四面墙

郑先生说着，突然用双手掐住了自己的脖子："快，快救救我！他要杀掉我！"

只见郑先生将双手向上移，左手握住自己的后脑勺，右手握住自己的下巴，然后用力一拧。

"咔嚓"一声。

郑先生的整个脑袋沿逆时针旋转了一百八十度，整张脸被拧到了背面，整个人身形扭曲地倒在了地上。

警方封锁了诊疗室，我和周医生坐在办公室里，等待警方的调查结果。我们俩，全都惊魂未定。

就在这时，一名女护士急匆匆地跑了过来："周……周医生。"

周医生猛地一惊，然后松了口气道："什么事啊，一惊一乍的？"

这名女护士气喘吁吁道："306号房的那个患者，赵先生，他在停尸间醒了！"

我们立马赶往停尸间，赵先生已经被扶到了管理员的休息室里。只见赵先生坐在休息室的床上，手里捧着一杯热茶，眼神木讷地盯着电视看。

我们走过去问他问题，他全都置若罔闻，就像是得了老年痴呆症。但我总感觉，他是装出来的。

周医生用手电筒给他照了照瞳孔，然后又用听诊器检查了心肺功能："一切正常。"

我将周医生拉到一旁悄声问："他之前不是……死了吗？"

周医生道："应该是假死。就是一种微弱死亡。在假死状态下，患者的状态十分接近于真正的死人，用一般临床检查方法检查不出生命指征。很容易误判。"

第四个病例：

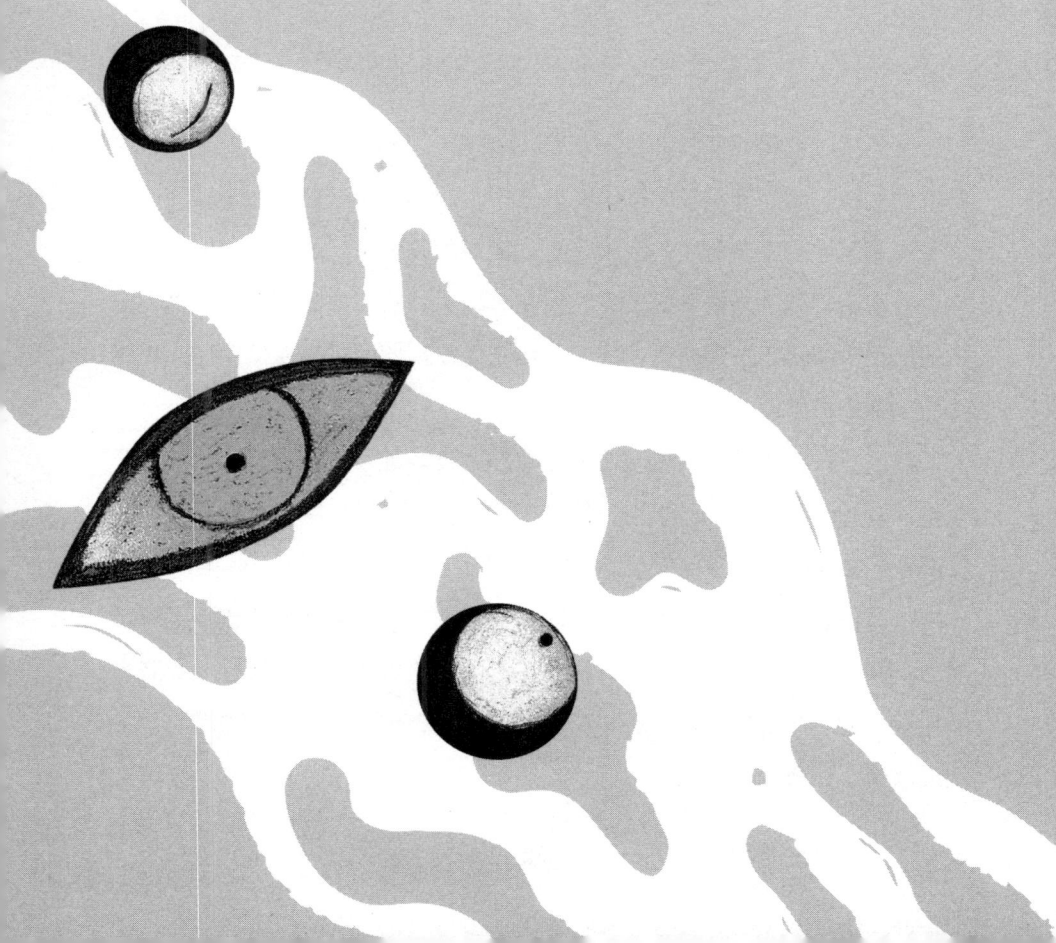

代号S实验

引子

　　这位年过七旬的老者，白发苍苍，躺在床上，无法起身。他姓吕，叫吕博青，是一所高等院校的理论物理教授，却和霍金一样，在一年前患上了肌肉萎缩性侧索硬化症。症状首先是从他的右手开始的，那天他正在教室里给学生讲课，当他拿起一支粉笔在黑板上书写公式的时候，粉笔突然从他的手中跌落，在讲台上摔成了三段。他发现他的右手变得僵硬，想要动动手指都要付出极大的努力。

　　没过多久，这种症状就开始朝着他的全身蔓延，直到最后，他的整个躯体都开始萎缩、硬化，不得不住进了学校为他安排的医院，接受长期的住院看护治疗。

　　吕教授躺在病床上，他的头还能微微扭动，并且依然具备流畅的说话能力，面部表情虽然略显僵硬，但并不影响他的表达。这也正是他找我来的原因，他想趁着自己还具备口头表达的能力，把他的一些想法尽可能多地说出来，让我记录下来。

第四个病例：代号 S 实验

我坐在病床前，看着吕教授。他开口对我说话，嗓音苍老而又沙哑："我昨晚，又梦游了。"

我道："可是您的身体并不能动啊。"

吕教授道："是思想上的梦游。昨晚在梦里，我感觉到，我的思想离开了自己的身体。"

我问："去了哪儿？"

吕教授道："宇宙之外。我觉得是我们这个宇宙之外。"

我问："宇宙之外，是什么样的？"

吕教授道："我看到了一颗大脑。"

我一惊："一颗大脑？"

吕教授道："我感觉，当时我的视角变得很宏观，我能够看到这颗大脑的全貌。这颗大脑是由两团巨大的光组成的，它们拼在一起，组成了一颗大脑的形状。一半是左脑，一半是右脑。"

我问："您能看见大脑里面吗？"

吕教授道："当然。这颗大脑是半透明的，里面各种发光的线条交错纵横，看上去就像是大脑里密布的神经元。这些神经元在互相放电，每放一次电，电与电之间的相互碰撞，就会形成一个洞。"

我问："什么样的洞？"

吕教授道："黑色的洞。我仔细观察了，那个洞是球状的。"

我道："那您应该说，一颗黑色的球。"

吕教授道："不不不，它的确是球状的，但是，它也的确是一个洞，一个球状的洞。那个洞是三百六十度的。"

我试图理解这个洞的构造，在脑海中努力想象着一颗黑色的球飘浮在一颗发光大脑内部的画面。

我问："这样的洞有多少？"

吕教授道："你说有多少？每一次放电，都会形成一个洞。"

我道:"无数个洞?"

吕教授道:"没错,无数个洞。"

我问:"它们不会挤成一团吗?"

吕教授道:"这颗大脑内部的空间很大,这些洞的确很密集,但是相互之间还是留存有一定的空间的,而这些多余的空间,则是为了更多新洞的诞生。"

我道:"是不是就像我们夜晚看到的漫天的繁星?那些星星看起来很多很密集,其实之间隔得十分遥远。是不是这种感觉?"

吕教授道:"对,没错,你这个比喻很恰当。"

我问:"为什么会有那些电?"

吕教授道:"你这个问题问得很好。你问到了关键。我们这么来理解。我们的大脑里是不是也密布着神经元?"

我点了点头。

吕教授道:"当你的大脑产生一个想法的时候,神经元与神经元之间就会互相放电。这也就是所谓脑电。脑电反馈了大脑的活动。"

我道:"那么,您的意思是说,您在宇宙之外看到的类似神经元的线条所释放出来的电,其实是这颗发光的大脑在活动、在思考?"

吕教授道:"你的悟性很高,我就是这个意思。"

我问:"那为什么这些电流碰撞之后,会产生一个洞?"

吕教授道:"这颗大脑在思考,它所产生的每一个想法都会以脑电的形式展现出来,那你觉得脑电相互碰撞形成的这些洞,到底是什么?"

我想了想,然后道:"是它的想法?"

吕教授道:"没错,每一个洞,都是一个想法。"

我道:"脑洞?"

吕教授道:"是黑洞。从结构上来看,这颗发光的大脑,就是一个宏观的宇宙,在这个宇宙里,产生了各种各样的思想,于是就有了各种各样的黑洞。"

我愣愣道："黑洞……是一个思想？"

吕教授道："我们所处的这个宇宙，只是这个宏观宇宙里的一个不起眼的黑洞。我们全都生活在这个黑洞里。"

我道："而这个黑洞，是这个宏观宇宙的一个想法，换句话说，您的意思是，我们全都是一个想法，我们全都是被想象出来的？"

吕教授道："我认为，我们全都生活在一个人的脑子里，我们只是这个人脑子里所诞生的无数想法中的一个。"

我道："可是，您看，我们所处的这个宇宙，或者说，我们所处的这个黑洞，这么大，这么复杂。处在这个黑洞里的每一个人又都有各自独立的思想。我的意思是说，光我们这一个想法就这么复杂了。这颗发光的大脑里，还源源不断地诞生着更多的黑洞，更多的想法。它是怎么办到的？"

吕教授道："我们每天都会胡思乱想对吧？脑子里总会冒出各式各样稀奇古怪的想法。比如，你出门乘电梯的时候，可能想过'哎呀，电梯会不会突然下坠呀？我出门会不会被车撞啊？今天晚上吃什么啊？上个星期的妞挺不错的要不要继续交往啊？'等等，你的大脑可以在几秒钟之内产生好几种不同的想法。"

我道："可这些，都是一些很简单的想法。而您说的这颗发光大脑的每一个想法，可比这复杂了几千亿万兆倍都不止啊！"

吕教授道："每一个想法，都会构造出一个世界。尽管这个想法可能非常简单，但是，这个想法会在脑中形成的一瞬间，自然拓展开去，形成一个新的世界。"

我道："一个简单的想法能够构造出一个复杂的世界？我感觉难以置信。"

吕教授道："你往一杯清水里滴上一滴黑色的墨水会怎样？"

我道："这滴黑色墨水会在这杯清水中自动蔓延开来，直到将整杯水都染黑。"

吕教授道："墨水只是一小滴，你往清水里滴墨水的动作也只是一瞬间，剩下的你什么都不用管，这滴墨水就自动蔓延了。"

我道："您的意思是说，每一个想法都像是这滴墨水？"

吕教授道："没错，这滴墨水看起来很简单，甚至很单纯，但是，在它释放的一瞬间，它便开始了自然的蔓延。"

我道："照您这么说，那我的脑子里，已经有无数个复杂世界了。"

吕教授道："谁说不是呢？我们每一个人，都是创世者。"

我道："既然吕教授您去过宇宙之外，那么，您是否知道，我们这个世界，是由一个怎样简单的想法蔓延而成的？"

吕教授道："如果我还能开口说话该多好。"

我道："什么？教授，您不是能说话吗？"

吕教授道："这个想法就是这句话：如果我能开口说话会怎样？"

我眉头紧蹙："什么意思？"

吕教授道："我发现，这其实是我自己的一个思想。我的意思是说，是另一个我的一个思想，一个想法，你明白吗？"

我艰难地理解着他的话，然后道："您，只是那个真实的您，想出来的。"

吕教授道："没错，那个真实的我……当然那个真实的我，也可能是另一个我想出来的也说不好，也可能根本就不存在真实的我，而是某一个人在自己的思想里虚构了一个我，然后那个虚构的我，又在自己的思想里，以自己为原型创造了我……我知道这听起来很绕口，但是，我觉得这之间的关系可能就是这样……喀喀，好了，说回正题。我们姑且把那个我，称为真实的我。那个真实的我，同样也患上了肌肉萎缩性侧索硬化症，但是，他已经不能说话了。而他可能又有许多话想要表达，于是，他的脑子里闪过一个念头，一个极其短暂而简单的念头：如果我还能开口说话该多好。"

我道："于是，这个念头，创造了一个世界？"

吕教授道："在这个世界里，我还能说话。"

我问："那这个世界，是什么时候诞生的？"

吕教授道："就在二十分钟前，我开口说话的一瞬间。"

我道："可是，您说您昨晚，还发生了思想上的梦游，您梦游去了宇宙之外，似乎参悟了宇宙的真理，于是您找我来，才有了刚才的这番对话。如果这个世界是二十分钟前才瞬间诞生的，那么，这段对话也就不存在了。没有因，哪儿来的果？因果定律永恒不变。"

吕教授道："我说过了，就像墨水，当这个想法释放出来的一刹那，这个想法就会以我开口说话的一瞬间为原点，朝着过去、现在以及未来同时蔓延。在这个蔓延出来的过去里，我的确在昨晚发生了梦游，然后发现了宇宙的真相，于是找了你来，就有了这番对话。尽管，这个世界是在我向你开口说出第一句话的时候才诞生的，但是这一切，对于这个世界而言，是已经存在的。你明白吗？"

01 粒子的眼睛

遗 物

在那次采访结束的三个月后,我得知了吕教授的死讯。那天天空一片阴郁,像是要下雨,这雨却一直没能落下来。城市的大街小巷,冷风习习,满眼的萧索之气。那天上午,我在殡仪馆参加了吕教授的葬礼。葬礼上来了很多人,大多都是吕教授生前所任教的那所高校的师生。

那天,我见到了吕教授的女儿。吕教授早年忙于科研,妻子李洁是科研所的同事,两人同龄,结婚的时候才25岁,但真正要上孩子,已经是40岁的时候。1986年秋,李洁诞下一女,取名吕瑞卿。

吕瑞卿裹着一身黑衣,双眼哭得红肿。葬礼当日,我并没有与她有过对话。直到半个月后,吕瑞卿却突然电话联系上了我,要求与我见上一面,见面地点,是在其家中。那是一幢建成于20世纪80年代的独栋老洋楼,一共三层,配有一个小花园,是吕瑞卿出生那年,吕教授所在的科研单位因为他和李洁女士的科研成果奖励他们的。

第四个病例：代号 S 实验

客厅里，吕瑞卿为我倒上了一杯咖啡，也为自己倒上了一杯。她的穿着很是朴素，只是简单地化了淡妆，但给人的感觉却很素雅，有一种中国古典美女的气质。

我呷了一口咖啡，问道："吕教授是什么时候开始在大学教书的？"

吕瑞卿道："1999年。"

我问："之前他一直在那家科研单位里工作？"

吕瑞卿点了点头。

我道："据说当时单位里开出的薪资条件可比大学里高多了，不知道方不方便问一下，吕教授是为什么离开那里而选择进大学教书的？"

吕瑞卿的目光扭向窗外，窗外的天光打在她的脸上，勾勒出一圈氤氲的轮廓。她的眼神是散开的，所以无法辨别她是在看着窗外院落里的树，还是院子外的楼。或者，她什么也没看。片刻之后，她淡淡道："因为家母……"

我道："对不起，李女士的事情，我有听说。"

吕瑞卿扭过头看向我，微微摇了摇头，苦涩一笑道："其实这次找你来，就是为了这件事。"

我道："三个半月前，在医院采访的时候，我也向吕教授问起过李洁女士的情况，可是，吕教授对此绝口不提。但我听说，李女士失踪了，一直以来都没能找到下落。"

吕瑞卿道："家母，是在实验中消失的。"

我一怔，道："在实验中……消失？是和吕教授一起做的实验吗？"

吕瑞卿点了点头道："家母的意外，令家父深感愧疚，所以也就是在那一年，家父从单位辞职，去了大学教书。"

我道："请问那到底是一个怎样的实验，以至于导致这样的意外发生？"

吕瑞卿道："家母失踪的那年，我才13岁，还在念初中，一直以来，我只知道家母是在实验中发生意外的,至于实验内容,家父从未向我提过半个字。哪怕是在我的一再追问下,他都三缄其口,从未透露过只言片语。直到半个月前,家父过世,家父生前研究所的同事找到我,他们将一箱东西交付给了我。箱子里装着的,是家父和家母留在研究所,一直没有带走的遗物。我在这些遗物里,找到了一份实验记录。"

我道:"就是导致李洁女士意外失踪的那个实验?"

吕瑞卿点了点头道:"从实验记录上来看,当时他们所进行的,是一系列和人体特异功能有关的物理实验。这些实验,从常理上来看,根本说不过去。"

我疑惑道:"什么叫……'从常理上来看,根本说不过去'?"

吕瑞卿问:"想看吗?"

我道:"你是说,实验记录?"

吕瑞卿点了点头。

我道:"如果方便的话,我想看看。"

吕瑞卿转过身,上了楼,等她回来的时候,她的手里多了一个文件夹,她将文件夹递给我。我翻开来,里面正是吕教授的实验记录。

实验编号——(特)S001:

主要执行人:吕博青、李洁、叶虎

实验对象:代号 S

实验目的:反重力研究

起始时间:1999 年 7 月 15 日,15:00

结束时间:1999 年 7 月 15 日,22:03

记录人:吕博青

我们将 S 请进了实验室,并且要求他赤身裸体,因为他身体上的任何附着物，都有可能会影响实验的最终结果。

我们准备了五件样本供他选择——苹果、乒乓球、书、粉笔，以及一张 A4 纸。

我们让 S 挑选一件最喜欢的，S 选择了苹果，理由是，他喜欢红色。

我们将那个苹果放在了实验台上，实验台是一台高精度的电子秤。

上面显示重量为：186.163g

我们让 S 站立在距离苹果两米远的地方，只见他凝视着那个苹果，片刻之后，电子秤上的数据发生了微妙的变化。

由原本的 186.163g 变成了 186.154g、186.109g、186.101g。电子秤上的数据在这三个数值之间来回徘徊，十分不稳定。

直到我说停止，S 才松懈了下来，电子秤上的数据，又恢复并固定在了最开始的 186.163g。

虽然从头到尾，苹果纹丝未动，但是，电子秤上的数据的确发生了微妙的变化，苹果的重量变轻了。

我们让 S 休息了一个小时，一个小时后，我们让他回到实验室，从剩下的四样物品中，再挑一件他喜欢的，于是，他挑了书。

那是一本小学数学教科书。

我们将那本教科书平放在了电子秤上。

显示重量为：153.145g

我们同样让 S 站在离教科书两米远的地方，只见他凝视着那本教科书。很快，我们看到，电子秤上的数据发生了微妙的变化，由原本的 153.145g 变成了 153.132g、153.121g、153.102g。

同时，我们还发现，在实验中，教科书的书页有向上翻动的倾向，但翻动幅度十分微弱，并不能确定与实验有关，也可能是书籍纸张发生的自然膨胀。

人格分裂手记

第三轮和第四轮，S 分别选择了粉笔和乒乓球。实验结果和之前的一样，电子秤上的数据均发生了微妙的变化，全都变轻了。

我们将粉笔立在电子秤上，实验中，粉笔在没有任何外力的作用下，倒了下去，摔成了三段。

乒乓球也发生了滚动，滚落到了地上。

第五轮实验，我们将那张 A4 纸平放在了电子秤上。这次，我们不仅仅得到了电子秤数据上的变化，还直观地得到了重力改变的关键证据。

实验中，那张 A4 纸在电子秤上向上拱了起来，拱起高度大约 0.5 厘米。

结论：通过五件实验样本的重量数据变化，以及肉眼所能观测到的样本重力改变，我们判定，实验对象 S 的确具备某种能够令物体所承受的重力变轻的能力。

实验编号——（特）S002：

主要执行人：吕博青、李洁、叶虎

实验对象：代号 S

实验目的：透视研究

起始时间：1999 年 7 月 20 日，15:00

结束时间：1999 年 7 月 20 日，18:30

记录人：吕博青

我们将 S 请进实验室，这次，我们并没有要求他赤身裸体，他可以穿着他喜欢的衣服接受实验。因为这次的实验，仅仅与他的眼睛或者视觉有关。

第一轮，我们将一枚硬币放在了一个密封不透明的黑色木盒里，S 站在盒子前，只用了一秒钟就说出了盒子中装着的是硬币。

第二轮，我们将盒子里的硬币拿掉，S同样准确地说出盒子是空的。

我们在盒子里放入各种不同的物品，甚至灌入了水，S也都能够准确地说出正确答案。

我们尝试了不同材质的盒子，包括连X光都无法穿透的铅盒，他也都能够精准地说出放置在盒子中的物品。

结论：通过几轮实验，我们可以判断，S具备透视能力。

实验编号——（特）S003：

主要执行人：吕博青、李洁、叶虎

实验对象：代号S

实验目的：透视研究及薛定谔的猫理论研究

起始时间：1999年7月22日，15:00

结束时间：1999年7月22日，20:05

记录人：吕博青

我们将一只猫放在了一个不透明的盒子里，盒子里装有放射物，放射物有一半的概率会衰变，一旦衰变就会释放毒气，毒死盒子里的猫。也就是说，盒子里的猫，有一半的概率生、一半的概率死。

我们将猫放入盒中，半小时后，我们请S走到盒子前，利用他的透视能力，判断盒子里的猫究竟是生是死。

S说："我看到的是一团波。"

李洁道："能给我解释一下，你口中的'一团波'吗？"

S道："就像水一样，盒子里就像是装着一团水，又像是一团光，是散开的。"

李洁问："那只猫呢？"

S道："我没看到猫，只看到一团波，那团波不光在盒子里，而且是散开来的,到处都是。"

李洁问:"你是说,那团波,离开了盒子?"

S道:"有一部分还在盒子里,但更多的部分就像是烟雾一样散开来,散得到处都是,满屋子都是。但盒子里的那团波更亮一些,看上去像是这些波的核心。"

我对李洁道:"量子力学,S的描述很像量子力学的理论,事物都是由粒子组成的,而粒子又是像波一样四散开来的,但这些波属于同一个波函数,是一个整体。同时,理论上还认为,粒子的特性是在它被观测到的那一刻才确定的。也就是说,此刻,我看到你,你是存在的。但是,当我不看你的时候,你就像波一样,是散开的,散得到处都是。"

李洁道:"你的意思是说,S现在所看到的那些散开来的波,其实是组成盒子里那只猫的无数颗粒子?"

我点了点头。

叶虎道:"可是,老师,我并不明白。"

李洁问:"你不明白什么?"

叶虎道:"即便事物全都是一团波,但是,当你观测到它的时候,它就是确切存在的对不对?而不是以波的形态呈现在你面前的。既然S具备透视的能力,也就是说,他能够观测到盒子里的情况,那为什么看到的却是一团波呢?他看到的,应该是一只活着的或是已经死掉的猫,他应该看到的是一只猫这种确切的存在。"

我道:"或许,S逃过了粒子的眼睛。"

叶虎道:"粒子的眼睛?"

我道:"双缝干涉实验你知道吧?"

叶虎道:"实验人员将一块板子的中央平行纵向开了两条缝。双缝板的左面,有一台电子发射机对着它;双缝板的右面,是一块特制的黑板,黑板可以监测电子的分布。实验人员在不进行任何观测的情况下,朝双缝板发射一颗电子。这颗电子会受到双缝的干涉，变成一团波。实验人员得到了黑板上的监测数据，发现这颗电子以波状散得到处都是；紧接着，实验人员想要观测电子受到双缝干涉时的状态。这次，他们在双缝板上装了个探测器，专门用来探测电子的路径。可是，实验人员这么做了之后，当电子发射穿过双缝板打在黑板上时，数据却显示只有单一的一颗电子。也就是说，电子随机选择了其中一个缝穿过，打在了黑板上。"

我补充道："问题就出在这里。为什么在没有安装探测器的情况下，电子会变成一团波，而在装了探测器的情况下，电子又变成了单一的一个呢？你觉不觉得，这就好像电子长了眼睛一样？它能够看到探测器的存在，于是故意改变自己原本的波状形态，变成确定的单一态，不让探测器探测到它的真实形态。"

叶虎道："老师您的意思是说，粒子没有意识到，S已经观测到了它们？"

我道："没错，我就是这个意思。S并没有直接打开盒子去看盒子里猫的状态，也没有借助X光之类的任何现代科学仪器去观测，他用的是一种只有他才具备的透视能力，这种透视能力瞒过了粒子的眼睛。"

最后，我们打开了盒子，发现盒子里的放射物已经衰变殆尽，盒子里躺着的，是一只死猫。

S看着盒子里那只猫的尸体，说了这样一句话："其实，它还活着。"

实验编号——（特）S004：

主要执行人：吕博青、李洁、叶虎

实验对象：代号S

实验目的：透视研究及薛定谔的猫理论研究

起始时间：1999年7月25日，23:00

结束时间：1999年7月26日，05:00

人格分裂手记

记录人：吕博青

文件到这里，就已经是末尾了。关于S004的内容，并不在这沓文件当中，像是被什么人刻意拿掉了。

吕瑞卿说，李洁就是失踪于1999年7月25日这天，也就是消失于S004号实验当中。

如今，吕博青教授已经离世，要想知道S004号实验的内容究竟是什么，我们就必须找到记录中出现的那个关键人物——叶虎。

02 火车难题

科研所

　　为了找到叶虎，我和吕瑞卿决定前往吕教授曾经就职过的那家科研所。科研所还在，只不过，当年和吕教授一起工作的老一辈的科学家，要么就是离职侨居海外了，要么就是已经离世了，总之，知道代号 S 实验的人，全都已经联系不上了。如今在这家科研所里就职的，全都是二三十岁的年轻一辈的科学家。

　　科研所的童科长在办公室里接待了我们，他知道吕瑞卿是吕教授的女儿，所以显得格外亲切。

　　吕瑞卿道："童科长，家父葬礼那天，您带着科研所的同事，把家父留在科研所的遗物交给了我，您知道遗物里关于代号 S 实验的内容吗？"

　　童科长用手指向上扶了扶眼镜，眯起眼睛道："代号……S 实验？是吕教授主持的实验吗？"

　　吕瑞卿点了点头道："您知道关于那个实验的一些内容吗？"

童科长摇了摇头道："我是十年前才调过来的,当时所里进行了一轮人事大调动和大更换,老一辈的都已经离开了。包括我,所里的同事们基本上都是这些年才陆陆续续调过来的,那时候,你父亲吕教授早已经离开了。"

吕瑞卿道："也就是说,您没看过家父遗物中的那份实验记录?"

童科长道："吕教授的遗物一直都是封存的,我们是不允许看的,也不方便看。可是,所里的一切实验都是有记录的。科研所是1956年成立的,从成立那年起,所里的每一个实验,都会有详细的记录,包括你父母做过的实验,都是有记录的,但是,我并不记得,有这么一个代号S的实验存在。"

吕瑞卿从包里掏出那份实验记录,递给他："童科长,您看看这个。"

童科长接过实验记录,然后取下眼镜,用手帕擦了擦镜片,又戴上。他眯起眼睛,开始认真地阅读实验记录上的内容。

十分钟后,他抬起头,面露惊愕道："这个实验,科研所里完全没有记录!没有任何记录!"

吕瑞卿道："很明显,老一辈的科学家,不希望新一辈的同事知道实验内容,所以,对代号S实验进行了保密。"

童科长道："你知道这个S是谁吗?"

吕瑞卿摇了摇头道："这个问题,我本来想问您的。您知道叶虎的去向吗?就是实验记录中提到的叶虎。"

童科长道："这个人我知道,不过他也早就离开了,是和你父亲同一年离开的。"

吕瑞卿问："那您知道他去了哪儿吗?"

童科长道："好像是去了你父亲后来任教的那所大学,在你父亲身边当助教。他是你父亲的学生,是你父亲一手带起来的。"

吕瑞卿道："可是,我竟然从没听家父提起过他,也从未见过他。"

童科长喝了一口茶道:"就像你父亲也从未向你提起过S实验。"

哲学问题

我和吕瑞卿马不停蹄地赶往吕教授曾经任教的那所大学,见到了物理学院的何院长。何院长却告诉我们,叶虎两年前疯掉了。

吕瑞卿问:"他是怎么疯掉的?"

何院长道:"其实这事吧,也怪我。那年叶虎刚刚拿到了哲学博士学位,当时一些社会公益组织开展了一个活动,就是请大学的老师到孤儿院给那里的孩子免费上一堂公开课。我觉得这活动挺好的,于是就把叶虎派了过去。可没想到,却出了事。"

我问:"给孤儿院的孩子上课能出什么事?"

何院长道:"当时,叶虎在孤儿院里,当着那些孩子的面,提出了一个经典的哲学问题——火车难题。有一列火车正在铁轨上高速行驶着,铁轨上横躺着五个人,这五个人被五花大绑,无法逃脱,只能等待火车驶来将他们全都碾死。此时,你拥有一次扳动转辙器的机会,一旦扳动,铁轨就会转向岔道的另一边,而那条轨道上,只躺着一个人。那么问题来了,你到底是选择扳动转辙器,让火车驶向另一条铁轨,碾死一个人,救活五个人,还是什么都不做,任由火车按照原来的路线,碾死那五个人?"

我道:"杀一救五?这很难选。"

何院长道:"如果是你,你会怎么选?"

我道:"我不知道,从某种角度来说,我应该扳动转辙器,牺牲一个人,救活五个人,这很值。但是,扳动转辙器的后果是,我亲手杀掉了另一条铁轨上的那个人,他原本可以不必死的;可是,如果我什么都不做,就等于见死不救,那五个人都会死……呃……似乎无论怎么选,都不对。如果一定要选的话,我选择,什么都不做,任由事态自然发展。因为一旦我做了,就是杀人。"

何院长道："那么你见死不救，任由那五个人去死，就不是杀人了吗？"

我不语，耸了耸肩道："起码人不是我亲手杀的……呃……我说过了，这很难选。"

何院长转向吕瑞卿："你呢？你会怎么选？"

吕瑞卿道："杀一救五。"

何院长问："为什么你会这样选择？"

吕瑞卿道："为了保全大多数人的利益，必然会让少数人做出牺牲。"

我道："可是，每一个人都是一个单独的个体，为什么一定要为了集体的利益，牺牲掉某个个体的利益呢？"

吕瑞卿道："可现在面临的问题是，如果不牺牲掉个体的利益，整个集体的利益都会崩溃。所以，你认为我这么选有什么错吗？"

何院长道："你们知道，当时孤儿院里，有一个孩子是怎么选的吗？"

我问："怎么选的？"

何院长道："当时叶虎很形象地用火车玩具描述了这个实验。岔道的一边放着一个人偶，另一边放着五个人偶。大多数孩子都和你们一样，要么选择扳动转辙器杀一救五，要么选择什么也不做，任由火车碾压原本路线上的那五个人偶。只有一个孩子令人印象深刻。他将岔道一边的那一个人偶拾起，放在了火车行驶的路线上，和那五个人偶躺在了一起。"

我倒吸了一口凉气："您是说，那孩子选择了让火车碾死全部的六个人？"

何院长道："当时叶虎也感到很吃惊，他就问那孩子，为什么要这样做。你知道那孩子怎么说的吗？那孩子说，既然怎么选都有人要死，倒不如，让他们一起死，这样比较公平。"

我道："那只是个孩子，可能他觉得这样做比较好玩。"

我突然想到了什么，于是道："对了，您还记得是哪家孤儿院吗？"

何院长说出了那家孤儿院的名字。

我怔住了，难道说，男孩就是那个深蓝孩童？

何院长道："那天之后，叶虎看上去像是受到了那孩子的刺激，他跑来问我，如果是我，我会怎么选。"

我问："您是怎么回答他的？"

何院长道："我说，我不想回答这个问题。他便说：'我会让你回答的。'当时我并没有在意他说的话，直到一个星期后，他绑架了物理学院的六名学生。其中一个，是我女儿。"

他说到这里，声音有些发颤："那天他打电话给我，电话里，我听到了火车在不远处的鸣笛声。电话里，他让我选一个。我当时就慌了！他说，左边的轨道，躺着我的女儿，右边的轨道，躺着我的另外五个学生。火车驶来，会碾死那五名学生。他说他的手里，握着转辙器的把手，一旦扳动，就可以把火车导向另一边，这五名学生将会获救，但是，我女儿会死。他让我选一个。"

我道："您选择了？"

何院长道："你可能会觉得我这种选择很自私……"

我道："您选择了什么都不做。"

何院长点了点头，声音已经哽咽："电话里，我听到了火车驶过的声音，还有惨叫声。然后，我报了警。警方却告诉我，在铁轨上，发现了六具尸体，其中一具，是我女儿的。"

我一怔，道："叶虎骗了您？"

何院长哭了出来："其实铁轨另一边什么也没有，当时我女儿和那五个学生躺在一起。如果我当时选择了让他扳动把手，那么，我女儿和那五个学生都会得救。是我，害死了他们。"

我道："叶虎为什么要这么做？"

何院长道："他在报复我。"

我道:"报复您?"

何院长道:"我没让他评上副教授,他对此心怀恨意。可是警方却说他疯了。"

那天的谈话结束后,何院长的情绪完全失控,哭得难以自持。我们向他要来了叶虎所在的那家精神病医院的地址和联系方式。

两天后,院方回复我们,叶虎同意见面,但是,他只愿意和吕瑞卿单独谈,也就是说,我被排除在外。

难题再现

大概有一个月的时间,我都没有和吕瑞卿再联系过,因为,我根本联系不上她。她一个人去见叶虎,自那之后,她的电话就打不通了,微信和QQ均无回音,就连她家的座机都无人接听。

那天深夜,睡梦中,我突然被一串急促的铃声吵醒。我拿起手机一看,是吕瑞卿打来的。

我道:"你去哪儿了?我都联系不上你!"

电话中风声很大,听得出吕瑞卿是在户外:"我有个问题想问你。"

我道:"什么问题?"

吕瑞卿道:"你依旧认为,火车应该按照原来的路线走吗?"

我道:"我不知道,为什么又问这个问题?"

吕瑞卿道:"如果,铁轨的另一边躺着的那个人是你自己呢?如果牺牲了你,可以救活另外五个人,你会怎么选?"

我道:"我不知道。"

吕瑞卿道:"如果有人绑架了你的家人,只要你死了,你的家人就会得救,反之,你的家人就会死。你会怎么选?"

我沉默了片刻道:"如果必须做一个选择,我会选择死。"

电话里,吕瑞卿笑了:"谢谢你给了我答案。"

第四个病例：代号 S 实验

第二天一早，我得到消息，吕瑞卿跳海自杀了。我难以接受这个事实。吕瑞卿死前的最后一个电话是打给我的，所以警方找到了我，向我询问情况。

我将通话内容告知警方。警方怀疑，吕瑞卿应该是受到了什么人的威胁，所以选择了自杀。我始终不明白，吕瑞卿为什么会选择死亡。这一个月里，吕瑞卿都经历了什么？真如警方推测的那样，是受到了什么人的威胁吗？如果是，这个人会是谁呢？

突然，我的脑海里浮现出一个人的名字——叶虎。

03 代号S实验

寻找S

我联系上那家精神病医院,可是叶虎却始终不肯见我。我觉得,想要弄清一切的真相,就必须回溯到1999年的代号S实验上。实验里,有一个远比叶虎关键的人物,那个人物,便是代号S。

只要找到了S,也就找到了答案。

我突然想到了一个一直以来都被忽视的线索。既然吕瑞卿的母亲李洁女士是在那场实验当中意外失踪的,有人失踪肯定会报案,只要找到当时侦办失踪案的警察,没准也就能够了解到S的身份了。

我查到并前往了科研所所在辖区的派出所,并且叫上了总局的陈警官。

在那所派出所里,我们得知,当时负责受理这起失踪案的两位民警,都已经离职了。我们按照派出所提供的联系方式,联系到了他们,但是,两位民警均拒绝了我的采访请求。他们似乎是有什么难言之隐,有人要求

第四个病例：代号 S 实验

他们对此保密。

线索一下子断了。

吕瑞卿的葬礼上，我再次见到了何院长。这次，他给我带来了新希望。他向我讲述了一件惊人的往事。

何院长叹了口气道："唉，瑞卿走了，这件事我也该说出来了。吕博青教授到院里任教的次年，他便和自己的学生一起，开展了一项秘密研究，而研究的对象，是他自己。"

我惊道："他组织自己的学生对他进行研究？"

何院长道："没错。由于我是院长，院内的一切科研活动都必须经过我的允许，所以，他向我汇报了研究内容，并要求我对此保密。"

我不解道："可是，我还是不明白，他有什么可供研究的？"

何院长道："吕博青宣称，他具备某种能力。"

我道："什么能力？"

何院长道："他说，他可以骗过粒子的眼睛。"

我一怔，道："你说什么？"

何院长道："粒子的特性是在被观测到的那一刻才被确定的，吕博青认为自己能够观测到不确定状态的粒子。"

我道："不会吧……"

何院长道："什么'不会吧'？"

我道："除此之外，您对他的实验内容有什么了解吗？"

何院长道："这个倒是没有。这个研究项目只进行了半年的时间，最后因为经费问题，被迫停止了。"

骗过粒子的眼睛？

难道说，1999 年代号 S 实验记录当中所提到的那个研究对象 S，就是吕博青本人？

我问："何院长，您知道代号 S 吗？"

何院长欲言又止。

我道:"院长,您是不是掌握了什么不为人知的信息?这很关键,如果您知道,请您告诉我。"

何院长犹豫了片刻,然后道:"你明天到学院找我,我给你看样东西。"

第二天上午十点,我到学院找到了何院长。在办公室里,何院长将门反锁,然后递给我一份文件。

我打开文件一看,这文件正是代号 S 实验的实验记录。

我迫不及待地翻到文件的最后一页,并没有发现 S004 的内容,于是失望道:"何院长,这份记录我早就有了。"

何院长道:"你再仔细看看 S003。"

我将文件翻回到 S003,结果发现,这份记录当中的 S003 和我在吕瑞卿那里看到的 S003 有所不同:

实验编号——(特)S003:

主要执行人:吕博青、李洁、叶虎

实验对象:代号 S

实验目的:透视研究及薛定谔的猫理论研究

起始时间:1999 年 7 月 22 日,15:00

结束时间:1999 年 7 月 22 日,20:05

记录人:吕博青

我们将一只猫放在了一个不透明的盒子里,盒子里装有放射物,放射物有一半的概率会衰变,一旦衰变就会释放毒气,毒死盒子里的猫。也就是说,盒子里的猫,有一半的概率生、一半的概率死。

…………

最后,我们打开了盒子,发现盒子里的放射物已经衰变殆尽,盒子里躺着的，是一只死猫。

S看着盒子里那只猫的尸体，说了这样一句话："其实，它还活着。"

吕瑞卿提供的版本的S003到这里就结束了，而何院长提供的版本的S003却有后续——

就在S刚刚说完"其实，它还活着"这句话之后，盒子的后面，突然出现了一只活生生的猫。

这只猫和盒子里死掉的猫，看上去几乎一模一样。

我们给这两只猫做了DNA鉴定，惊人地发现，它们的DNA完全一样，就像是复制出来的。

出于人道主义考虑，用来做实验的猫，是一只患有恶性肿瘤的猫。我们对那只活着的猫进行了检查，却发现，它的身体里，没有肿瘤。

读完这一段，我抬头看向何院长，震惊道："实验当中，发生了复制？"

何院长点了点头道："当时吕博青为了申请研究经费，把代号S实验的记录递交给了我，当时我看到这一段，也感到难以置信。你知道吕博青是如何向我解释这个现象的吗？他说，薛定谔的猫理论，是在我们没有观测到盒子里的猫的情况下，那只猫处于既是生又是死的叠态当中。而S通过自己的能力，将这种叠态暴露在了被观测到的情况下。于是，也就同时出现了DNA完全一致的死猫和活猫。"

我道："请问，您知道S004的内容吗？"

何院长摇了摇头道："吕博青当时向我递交的实验记录当中，并没有提到有关S004的内容。不过，有个人肯定知道。"

我道："叶虎？"

何院长道："没错，当时他亲自参与了实验。"

我道:"我向那家医院提出要采访他,可是,他并不愿意见我。当时吕瑞卿见到了他,结果一个月后,吕瑞卿自杀了,我怀疑,这事与叶虎有关。"

何院长道:"这样吧,我帮你沟通沟通,如果他果真对我女儿的事情心存愧疚的话,他应该会给我这个面子。"

不应存在的变量

一个星期后,我接到精神病医院打来的电话,电话中,院方告诉我,叶虎同意和我见面了,不过,院方只打算给我一个小时的采访时间,所以我必须抓紧。

那天下午,我终于在那家精神病医院的会面室里,见到了传说中的叶虎。他已经40多岁,但是看上去并不显老,甚至可以说很年轻,如果不知道他的真实年龄,我一定会把他当成是一个未满30岁的年轻人。

叶虎率先道:"听说,你跟何院长很熟?"

我道:"也不算太熟,见过几次。"

叶虎道:"吕瑞卿是你女朋友?"

我尴尬道:"女性朋友。"

叶虎笑了笑道:"别解释了,我都懂,年轻人嘛。"

我道:"吕瑞卿自杀了,你知道吗?"

叶虎道:"知道啊。新闻上看到了。其实她还活着。"

我道:"什么?"

叶虎道:"人在此处死了,在某处其实还活着。"

我道:"那天你都和她聊了些什么?"

叶虎道:"这个,我有必要告诉你吗?"

我道:"那我换个问题。S是谁?"

叶虎微微一笑道:"我就知道你会问这个。人在时间紧迫的时候,往

第四个病例：代号 S 实验

往提前做好了充足的准备，但是，一旦做好了充足的准备，就往往问不到最关键的问题。"

我道："最关键的问题？"

叶虎道："你不是一直想知道 S004 的内容吗？"

我道："你能告诉我吗？"

叶虎道："一切都已经结束了，既然你这么想知道真相，告诉你也无妨。之所以要进行 S004 的实验，是因为 S003 实验当中，出现了两只猫。"

我道："盒子里的死猫和盒子外的活猫，两只猫的 DNA 完全一致。"

叶虎道："看来何院长已经给你看过完整版的 S003 实验了。没错，S 通过某种独特的能力，让薛定谔的猫生与死的叠态，呈现在了被观测的状态下，也就出现了两只猫，一只生，一只死。那只死掉的猫，也就是拿来做实验的那只猫，是一只患有恶性肿瘤的猫。而那只活着的猫，也就是疑似被复制出来的猫，身上竟然没有恶性肿瘤。当时我师父师母——也就是吕博青教授和李洁女士——发现了这一点，他们认为，S 的能力让猫发生了复制，在复制过程中，肿瘤被清除了。其实在 S 实验进行的一个月前，师母被查出患上了乳腺癌，癌细胞已经扩散。S 的能力让他们看到了希望。于是，师母大胆提出了实验计划，也就是 S004。"

我道："实验计划到底是什么？"

叶虎道："师母决定当薛定谔的猫。"

我一怔，道："什么意思？"

叶虎道："师母决定进入一个特制的密闭空间内，那个空间里装有放射性物质，放射性物质有一半的概率会发生衰变，一旦衰变，就会释放空间内的毒气，将她毒死，也就是说，她有一半的概率生，一半的概率死。然后，让 S 利用他的能力，完成实验。"

我震惊道："李洁女士想要被复制？"

叶虎点了点头道:"师母知道自己得了癌症,命不久矣,所以,她想要复制出一个没有癌症的自己。"

我道:"实验结果怎么样?"

叶虎道:"第一轮实验发生了意外。"

我道:"意外?"

叶虎道:"密闭空间内的放射性物质没有发生衰变,但是,复制却发生了。"

我道:"什么意思?"

叶虎道:"空间内的师母还活着,但是,却在空间外,复制出了一个死掉的师母。"

我怔怔地看着他道:"也就是说,一个还活着的李洁和一个被复制出来的死掉的李洁,同时存在了?"

叶虎点了点头道:"没错。我们所有人都慌了。当时是凌晨一点,研究所里只有我们,于是我们立马将这具尸体埋葬在了研究所的后院里。之后,我们又进行了第二轮实验。这次,放射性物质衰变了。"

我道:"空间内的李洁女士被毒死了,空间外复制出了一个活着的李洁?"

叶虎道:"没错。"

我道:"可是,吕瑞卿不是说,李洁失踪了吗?"

叶虎道:"我们把她秘密地关起来了。"

我道:"为什么?"

叶虎道:"那个被复制出来的师母,不太正常。"

我道:"怎么不太正常?"

叶虎道:"你见过壁虎吗?"

我道:"见过,怎么了?"

叶虎道:"她就像壁虎一样,在墙上爬。"

第四个病例：代号 S 实验

我道："在墙上爬？怎么可能？！"

叶虎目光笃定："千真万确！当时我们把她锁在了实验室里，不知所措，最后只好报了警。警察赶到之后，也不知道该如何处理，于是向上级汇报。大概是凌晨五点的时候，政府派人过来了，还带来了一支全副武装的特警队伍。他们将那个复制出来的师母带走了，并且要求我们所有人在保密协议上签字，还要求我们对外宣称师母失踪了。"

我道："政府的人？知道是什么部门的吗？"

叶虎道："具体的不太清楚，只知道他们自称是代表某个国家安全机构来的。但我感觉不太像。"

我道："你觉得他们是干什么的？"

叶虎道："我不知道，但我感觉，他们的来历似乎没那么简单。当时，他们对我还有老师进行了长达一个月的审讯，我们交代了全部实验过程。他们认为我们这是在杀人，但是，却无法给我们定罪。因为，没人处理过这种情况。我们杀了师母，可是，师母却还活着，所以，他们根本没法起诉我们杀人。当时他们也不敢相信，对师母的尸体和那个被复制出来的师母做了 DNA 比对，DNA 完全一致。他们甚至怀疑，我们在秘密研究克隆人。为了让他们相信我们所说的话，我们又找来了一只猫，重复了这个实验。实验中，再度发生复制，同时出现了死猫和活猫。当时他们都吓傻了，我能看出来，没人见过这种情况。然后，他们带走了 S。"

我道："他们要对 S 做研究？"

叶虎道："不知道，只知道第二年，S 被送回来的时候，已经没有了那种能力，S 甚至忘记了自己有过那种能力，忘记了代号 S 实验。"

我道："S 到底是谁？"

叶虎道："你女朋友。"

我道："什么？"

叶虎道："吕瑞卿。"

我惊愕道:"你说什么?吕瑞卿是S?也就是说,吕教授是在拿自己的女儿做实验?"

叶虎道:"吕瑞卿是一个变量。"

我道:"变量?那又是什么?"

叶虎道:"老师一直不明白,自己的女儿为什么会具备这种超常的能力。直到他发现,当吕瑞卿失去那种特殊能力之后,他开始逐渐具备了这种能力。"

我道:"你是说,吕教授能够像S那样?"

叶虎道:"没错,不仅如此,他的能力更加强大,他通过这种能力,看到了宇宙的本质。"

我道:"宇宙的本质?"

叶虎道:"他认为,我们所处的这个宇宙,诞生于他的一个想法。"

我道:"他跟我说起过这样的理论。他说他看到了一颗发光的大脑,这颗大脑里的神经元互相放电,碰撞出无数个球状的黑洞,每一个黑洞都是一个独立的宇宙。"

叶虎道:"而S,是黑洞中的变量。老师意识到了这个变量可能存在的隐患。"

我道:"什么隐患?"

叶虎道:"S的能力,会影响到粒子的状态,继而影响黑洞的秩序。一旦这种秩序失控,就会导致黑洞的崩溃。所以,这个变量,不应该存在。"

我道:"这就是吕瑞卿自杀的原因?"

叶虎道:"这是老师的意思。"

我道:"可是,吕瑞卿怎么可能会相信你说的这些?"

叶虎道:"她一开始的确不相信,但我给她做了个简单的实验。"

我道:"薛定谔的猫?"

叶虎道:"我将一枚硬币扔进了一个不透明的盒子里,然后盖上盖子,

第四个病例：代号 S 实验

紧接着，我摇动盒子，硬币在盒子里来回撞击。我将盒子放在桌面上，问她看到了什么。你猜她怎么说？她很惊讶地发现，自己看到了一团波，一团发光的波，以盒子为核心，散得到处都是。我问她，现在盒子里的硬币，有一半的概率是字面朝上，一半的概率是花面朝上，她觉得现在盒子里的硬币是哪一种状态？她说她不知道，于是我打开了盒盖，结果，盒子里出现了两枚硬币，一枚正面朝上，一枚反面朝上。"

我道："这也可能只是你变的一个魔术。"

叶虎道："她也是这么说的，直到半个月后，她又来找到我，这次，她相信了我的话。"

我道："她为什么突然相信了？"

叶虎道："她说，她去了我和老师曾经任教过的那所大学，在那里得到了老师的学生的帮助，进行了薛定谔的猫实验。实验结果是，实验室里，同时出现了一只死猫和一只活猫。由此，她相信了我对她说的话。"

我道："可是，她不是早就已经不具备这种能力了吗？"

叶虎道："因为老师去世了，所以我猜测这种能力又回到了她的身上。那个硬币实验，就是为了验证我的猜测。"

我道："于是，你教唆她自杀？"

叶虎道："我这是在拯救这个世界，她的存在，迟早会影响我们所处的这个世界的秩序，所以，她必须死。那天我给她讲了火车问题，你知道火车问题吗？"

我道："何院长跟我说过。"

叶虎道："我讲完之后，就问她，如果是她，她会怎么选？她回答我说，她会杀一保五。于是，她似乎明白了。"

我有些愤怒："我觉得你只是在为你教唆他人自杀而强行辩护，是你害死了她。"

叶虎道："是她自己做出了选择。她的选择是对的。不然我们所有人，

193

都会被那列即将呼啸而来的火车碾死。"

同一只猫

第二天上午，我来到了那所大学，在物理学院，我找到了那几名帮助吕瑞卿做薛定谔的猫实验的学生。

他们向我证实了实验中发生的情况，并且向我出示了医学院对两只猫的 DNA 鉴定报告。报告中明确指出，两组 DNA 来自同一只猫。

尾声

深秋的雨，异常冰冷。我披着一件灰色的风衣，举着一把黑色的伞，站在雨里。我的面前是一块墓碑，远远望去，一排又一排的墓碑一直延伸到墓园的尽头。寒风吹过，草木萧瑟，我不禁感叹，人死化作枯骨，囚禁于地下，或许还不如草木自由。

我眼前的这块墓碑上有一张黑白照片，照片中的女子温婉动人，透露出一股中国古典女子的美。

墓的主人，是吕瑞卿。

我将一束康乃馨放在了墓碑前，久久站立。

不知就这样站立了多久，远远地，我看见一个身着黑衣的女人，也举着一把黑色的伞，手里捧着一束鲜花，穿过重重墓碑，朝我这个方向走了过来。

没想到，她竟然来到了我的身旁，我没看到她的脸，只见她弯下腰，将那束鲜花放在了墓碑前。

女人问："你是她的朋友？"

我点了点头："算是吧。"

我觉得女人的声音听上去有些耳熟，于是扭过头看向她，那一刻，我怔住了。

女人微微一笑道："找个地方坐会儿？"

我们找了一家咖啡馆，在一个角落的卡座坐了下来，要了两杯拿铁。

我道："这不可能的，这不可能的。"

女人道："怎么不可能？"

我道："吕瑞卿已经死了，你到底是谁？"

女人道："我把自己当作了那只猫。"

我道："什么？"

女人道："我想看看，如果我是那只薛定谔的猫，情况会怎样。结果不出我所料，实验中同样发生了复制。"

我道："那么，你是本体，还是复制体？"

女人道："放射物衰变了。"

我道："你是复制体！那么……那个跳海自杀的……"

女人道："当时我的本体已经死掉了，我把那具尸体扔进了大海里，看上去就像是自杀一般。"

我道："可是，本体应该是被毒死的，这点警方应该能检查出来。"

女人道："一定得毒死吗？我修改了装置，装置设定为，有一半的概率会释放海水，一半的概率不释放。本体本来就是在装置内被海水淹死的，我把她扔进大海里，警方能检查出什么？"

我道："可是，你为什么要这么做？"

女人道："我的本体，是一个变量，这个变量会影响这个宇宙的粒子秩序。所以，我必须死，但是，我又不想死，所以，我就利用这个实验，让自己的本体死掉，同时复制出一个活着的我，这也就完成了'我既死了，同时也还活着'的实验。而且，这个活着的我，不再具备那种独特的能力，所以，从一个危险的变量，变成了一个稳定的常量。"

女人说完，准备起身。

我问："接下来你打算怎么办？"

女人道："换个地方，换个身份，继续生活下去。请你替我保密。"

女人说完，抄起雨伞，转身快步离开了咖啡厅。我坐在原位，愣了愣神，起身追了出去，然而，茫茫的雨幕里，那个女人已经不见了踪影。

从那以后，我再也没有了她的消息，直到很久。我甚至都无法确定——那天在墓园和咖啡馆里的对话，是真实的，还是一场我虚构出来的梦？

第五个病例：

恶念怪物

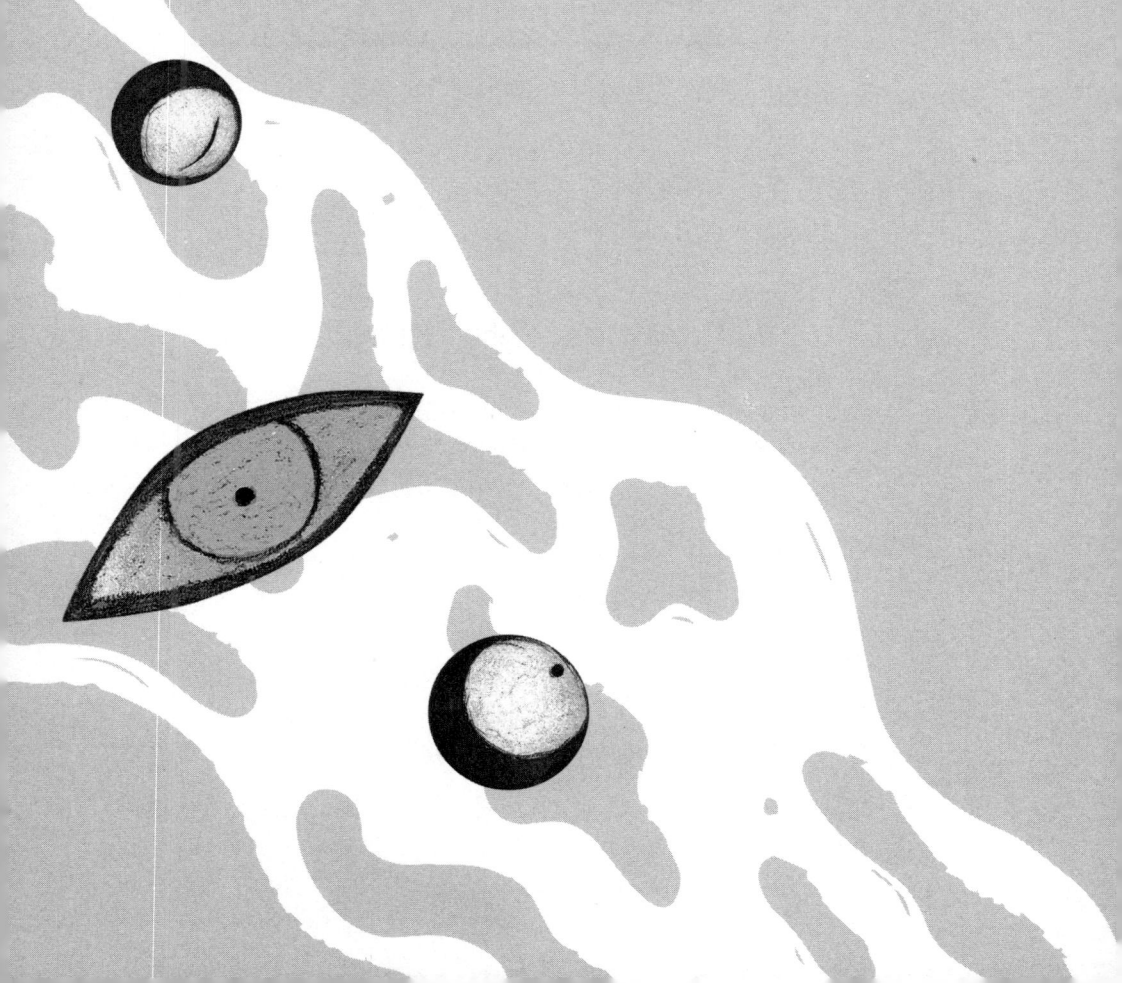

引子

他是一个先天性失明的盲人。

我道:"其实一直以来,我都有一个疑问。"

他道:"请讲。"

我道:"一个先天性失明者,他会做梦吗?比如说您。"

他道:"当然会。"

我道:"您的梦里有颜色吗?我是说,您从未看见过这个世界,从未看见过光,您的眼前应该是一片黑暗,您没见过除了黑暗之外的颜色,所以……您的梦,是黑色的吗?"

他道:"我也不知道该怎么去形容我梦里是否有颜色,就连你们常说的黑暗,我都不确定是不是我所看到的那样。因为我根本不知道,这个世界所定义的颜色究竟是一种怎样的存在。"

我道:"那么,您的梦里有空间存在吗?我是说,我们正常人在做梦的时候,会梦到很多的场景,每一个场景都是一个空间,比如我们会梦到自己的卧室，梦到一家餐厅，梦到公园，甚至是梦到山川、河流……可您看不见这些东西，哪怕是我们所处的这个房间，您也看不见。那么，您的梦里，会有类似的空间存在吗？"

他道："我觉得……我可能看到了更高维的空间。"

我一愣，道："更高维的空间？"

他道："我们所处的这个世界，是四维世界，第四维是时间，但是抛开时间这一维，我们所处的，是一个由三维空间所构成的世界对不对？"

我道："您能够理解三维空间吗？"

他道："我能够触摸得到，我能够摸到这四面墙，能够摸到地板，这就是基本的三维空间的构成，我能够想象得出来。但是，我在梦里所看到的空间，可能已经超越了三维的存在。"

我道："能给我讲讲您所看到的高维空间吗？我很好奇。"

他道："我不知道能不能准确地去形容。我知道，正常人是通过视觉去看物质的，而物质的图像是由光来传达的。所以，你们对事物的第一印象，其实是对各种各样的光的印象。但是我们盲人看不见光，所以，对物质的第一印象是靠手去摸，也就是触觉主导我们对物质的认识。第二个印象就是声音，这点我们都是一致的。于是，在我的梦里，会出现各种各样的声音，而物质和空间，是以一种触觉存在的。"

我道："我想不明白，什么叫物质和空间以触觉存在？那是一种怎样的存在？"

他道："就是一种力的反馈。"

我道："力的反馈？"

他道："你用手抚摸一个物体的时候，其实是你的手给那个物体施加了一个力，然后那个物体给你的手反馈了一个力，于是，你就感受到了这个物体的存在。"

我道："我似乎明白了您的意思。但是，力的反馈，需要您的身体接触那个物体，可是空间是隔开的，比如您站在房间的正中央，四面墙都是隔开的，您的身体没有触碰到任何一面墙，这些墙也就无法给您力的反馈。那么，您又如何感知到空间的形态？即便您摸到了其中一面墙，您也无法知道，这面墙到底是个什么形态，因为，您无法摸完整面墙。"

他道："你是在给我讲盲人摸象的故事。但是你忘了一点，你说的这些，都是在现实当中的情况，我们现在讨论的，是我梦里的情况。由于我在现实中，感知物质与空间的存在依靠触觉，那么梦里，肯定是触觉优先的，所以哪怕是隔空的一面墙，我也能够感受到那面墙所给我反馈的力。在梦里，物质通过力，不断地向我反馈它们的形态和格局，于是我就像拥有了视觉一样，能够'看'到它们。"

我道："所以您认为，这是一种高维视觉？"

他道："没错。我觉得，更高维的视觉，不是依靠光的反馈，因为光是会欺骗人的，一旦没有了光，你就什么也看不到了。但如果依靠力的反馈，那就大不一样。由力反馈而来的物质形态，才是这个物质最本质的形态。"

我道："可是，这么多的力从四面八方反馈过来，您都能一一分清吗？"

他道："当然可以，我可以感受很大范围的力。比如说，我的面前有一面墙，我除了可以感受到这面墙反馈来的力，同时也能感受到墙背后的空间内的全部物质所反馈而来的力。"

我道："您的意思是说……透视？"

他道："没错，这就是我所说的，超越三维视觉的存在。那面墙是实际存在的，而我能够感受到墙后面实际存在的物质，这点，是通过肉眼无法做到的。肉眼看物依靠光的反馈，这种视觉是受限于光的形态和传播能力的，非常局限。但是，对于高维视觉来说，这种局限，是不存在的。"

01 人格培育疗法

梦醒

"嘀——！"

黑暗当中，我听到了蜂鸣声，紧接着，有人在说话，那声音听上去像是一个中年男人。那个男人道："很抱歉，我们已经尽力了。"

紧接着，黑暗中出现了白色的光晕，光晕中恍恍惚惚有几个黑色的人影在闪动。随后，我睁开了眼，潮汐般的雨声将我淹没。

我看向窗外，天空一片阴霾，整座城市都被暴雨笼罩。

正面的墙壁上，悬挂着一台电视机，电视机里正在播放一档医疗节目，节目是以纪录片的形式进行的。节目中，一群医护人员手忙脚乱地对一位病人进行抢救，最终，这位病人在手术台上被宣告死亡。

我不记得自己睡着之前，是在看这么一档节目，我猜我之前大概是在看某部无聊的电视剧，看着看着睡着了，然后电视节目自动切换到了医疗节目上。

我用遥控将电视机关掉，看着窗外的雨，我开始回忆刚才的梦境。我梦到自己在采访一位先天性失明患者，听他讲述某个……某个……我一时之间有些想不起来，但我很清楚，那并不是现实当中的内容，而是梦里的杜撰，因为我从未见过梦里的那位患者，也似乎从未听过他所讲述的那些理论，尽管我对梦里的那些话已经印象模糊了。

我发现自己并非躺在家中，而是躺在一家四星级宾馆房间的床上。我终于意识到自己为什么会出现在这里。

濒死体验讲座

昨天下午，我乘飞机抵达了这座城市，在酒店放下行李后，便马不停蹄地赶往一家会场。国内著名的心理学家马怀德博士，将于下午四点在这家会场进行长达两小时的讲座，讲座的主题是"濒死体验"。社里派我报道这次讲座。

会场来了很多人，有一个比较靠近前排的位置是主办方为我预留的，当然，这也是马怀德博士的刻意安排，因为早在这之前，我就曾采访过他，与他有过几面之缘。

那天马博士西装革履，打扮得格外精神。

他首先在大银幕上向我们展示了四幅画作。

第一幅画作：一个黑色的洞，这个洞如同旋涡一般，沿逆时针朝内心旋转，仿佛要将周遭的一切全都吸进去。

画的名字叫《黑色的入口》。

第二幅画作：一扇生锈的门，门半开着，里面透出微弱的光。但是这扇门没有依附于任何一面墙壁，而是孤独地伫立在黑暗中。门的下方，有一座灰色的阶梯，阶梯看上去破败不堪，许多地方都已经残缺，向下掉落碎块，仿佛随时都会塌掉。

画的名字叫《死亡之门》。

第三幅画作：一条扭曲的长廊，这条狭长到似乎漫无边际的走廊，如同麻花一般扭曲着，各种奇怪的光线在走廊当中交织，给人一种光怪陆离的眩晕感。

画的名字叫《扭曲的长廊》。

第四幅画作：一座复杂的迷宫，迷宫的线条错综地交织着，而迷宫的正中央是一个房间，房间里有一把空椅子，椅子的正面是一台老旧的电视机。我注意到，迷宫里，有一些狰狞的黑色怪物在爬，但是，我看不清那些怪物的样貌，但我能够感受到，那些全都是来自地狱的生物。

画的名字叫《无穷的迷廊》。

画作展示完毕，马博士清了清嗓子道："这四幅画，是我的一位画家患者，在经历过一场车祸，死里逃生后画下来的。当时他被送到医院，在手术台上接受抢救。手术期间，他的心脏一度停止跳动。他说那时候，他听到医生在宣告他的死亡。然后他进入了一个奇怪的空间。他首先感觉自己的灵魂离开了肉体，飘到了半空中，他能够在半空中看到自己的肉体躺在手术台上的样子。紧接着，他就被吸进了一个黑洞中。然后，在一片漆黑里，他看到了一扇门，有几级破败的阶梯通向那扇门，门后面有光。他看到了光，于是认为自己看到了希望，便快步冲上阶梯，拉开了那扇门。随后，他便来到了一条扭曲的长廊里。他拖着疲惫不堪的身子，在那条长廊里走了仿佛几天几夜的时间，终于抵达了长廊的尽头。可是长廊的尽头，却是一座迷宫。迷宫当中有怪物存在。他一边躲避着那些怪物的追赶，一边在迷宫中穿梭，最后，他抵达了迷宫的核心。迷宫的核心是一个房间，房间里只有一把椅子和一台旧电视机。他坐在了那把椅子上，电视机便自动打开了。电视里播放的，便是他人生经历的画面。这些画面一幕一幕地在他的眼前回放着。没错，这四幅画，正是这位患者，在濒死状态下，所看到的世界。"

地狱图

那天下午的讲座结束后，我与马博士共进晚餐。晚餐是在一家意大利西餐厅进行的，整座餐厅被装潢成了佛罗伦萨风格。

在餐厅左面的墙上，悬挂着一幅画，画中物犹如一个由岩石雕刻而成的倒置铜铃，铜铃分为好几层，每一层当中都有无数的人在承受各种折磨，我能够看到那些魔鬼狰狞的面孔，以及受刑人扭曲的身体。

我看着那幅画，有些出神。

马博士道："那是桑德罗·波提切利的《地狱图》，描绘的是但丁在《神曲·地狱篇》当中所写到的那个地狱。有传说，但丁之所以能够把地狱的图景描绘得如此栩栩如生，那是因为他曾经在梦游中前往地狱游历过。"

我道："这幅画……的确很令人震撼。"

马博士道："你觉得那四幅画怎么样？就是我今天在讲座上放的那四幅画。"

我道："那四幅画，真的是你说的那位经历过濒死体验的画家画出来的？"

马博士道："当然。你想见见他吗？"

我道："见那位画家？"

马博士道："你见到他，会大吃一惊的。"

他说着，露出了神秘的笑容。

第五个病例：恶念怪物

画 家

在意大利西餐厅结束晚餐的时候，已经是晚上九点，马博士亲自开车载着我来到了城郊的一家仓库。马博士介绍说，仓库一共三层，第一层是会客室，第二层是休息室，第三层是画室。

马博士道："这地方是我给他盘下来的，经过改造，还挺不错的。"

车停在了仓库前，我们下了车，马博士摁下了仓库的门铃，但是许久都没有人前来开门。紧接着，他拨通了一个电话，应该是那个画家的电话。大概两分钟后，门终于打开了。

前来开门的，正是那位画家，而正如马怀德博士所言，这位画家，的确令我感到大吃一惊。

我惊讶道："马凯文?！"

只见这位画家微微一笑道："进来吧。"

我感到这个夜晚，注定会变得格外奇特。我和马博士跟着他走进了会客室，在沙发上坐了下来，他为我们倒上了咖啡。

我道："你是马凯文吧？"

他道："马凯文已经睡了，我是画家。"

我一怔，道："画家人格？"

他点了点头："你……认识马凯文？"

我道："我们以前见过，你不记得了？"

他道："是马凯文见过你，不是我。我是画家。"

我道："可是一年半前，马凯文体内的其他人格已经全都消失了，包括画家人格。"

他耸了耸肩道："你说的，是之前那位画家，他的确已经死了。我是新来的。"

我道："也就是说，你的多重人格症又复发了？"

他强调道："是马凯文的多重人格症又复发了，我又不是马凯文。"

我有些发蒙了:"这到底是怎么一回事?"

马博士对我道:"一年前,我从马凯文的前任医生那里接手了他的治疗工作……"

回想起来,我并不记得有听郭跃明提起过给马凯文转院的事情。

马博士道:"……这是马凯文自己要求的,他说他想换个环境进行治疗,为了他的康复着想,政府的人找到了我,于是我便接手了对他的治疗工作。治疗起到了很好的成效,很快,马凯文就康复出院了。但是出院后不久,他又来找到我,他对我说,他难以承受肉体残缺所带来的屈辱与折磨。那时候,我明显地感觉到,他可能患上了抑郁症,并且伴随有自杀的倾向。于是,我想到了一种全新的疗法,我把它称为——'人格培育疗法'。"

我道:"什么叫'人格培育疗法'?"

马博士道:"我在想,与其让马凯文自己设法承受这份肉体和精神上的痛苦,倒不如让别人代替他承受,帮他分担痛苦。于是我便想到,能否在他的体内再次创造出一个人格,由这个人格帮他抵御痛苦呢?"

我震惊道:"你这不是在治疗他,你这是在分裂他!你在分裂他的人格!"

马博士摇了摇头道:"这是治疗的另一种方式。在马凯文的体内创造出一个不具备危害性的、好的人格,由这个人格来承受马凯文肉体的痛苦,这不就起到了治疗马凯文抑郁症的作用了吗?"

我道:"那么这个被创造出来的人格……"

画家人格道:"就是我。"

我道:"马凯文呢?可以让马凯文出来说话吗?我有些问题想要问问他。"

画家人格道:"他不会见你的,他把自己锁在了房间里,连我都见不到他。"

我道:"所以一直以来,都是你在掌控这具肉体?"

画家人格道:"没错。因为我的出现,就是为了帮他承受肉体上的痛苦的。"

我道:"能给我讲讲那起车祸吗?"

画家人格道:"那已经是半年前的事情了。"

我道:"那个时候,你诞生了吗?"

画家人格道:"其实,我是在那起车祸之后诞生的。"

我道:"马博士给我看过你画的那四幅画,那些全都是你在濒死状态下看到的?"

画家人格点了点头。

我抓住了漏洞:"可是这说不过去。你刚才说,你是在车祸之后才诞生的。那么,当时在手术台上经历濒死状态的,应该是马凯文,而不是你。所以应该是马凯文看到过濒死状态下的世界,而并非由你看到。可你又说那四幅画,是你在濒死世界里看到的图景。"

只见画家人格和马怀德博士相视一笑道:"你说过他很聪明。"

马怀德博士笑道:"没错,这显而易见。"

画家人格对我道:"你想知道真相吗?"

我道:"真相?"

画家人格道:"其实我……来自……濒死世界!"

02 迷宫逃亡

前往地狱

仓库外突然传来了轰隆的雷声,很快暴雨便倾盆而下。眼前这个男人语调神秘地对我说:"其实我……来自……濒死世界!"这句话,仿佛就像是从冥府深处冒出来的一般,在四周的空气里,不断地蔓延开来。

画家人格接着道:"其实,我就是之前的画家人格,刘易斯。"

我没听明白:"之前的?"

画家人格道:"马凯文体内的画家人格一直都是我,没有变。"

我道:"这不可能的,那个人格已经被……"

画家人格道:"已经被妻子人格吃掉了。"

我点了点头道:"没错。"

画家人格道:"是的,我的确经历了一次漫长的死亡。当时在马凯文精神世界的那座十一层大楼里,马凯文当时的第十一重人格——妻子人格,在大楼里进行了一场疯狂的大屠杀。我记得率先被吃掉的,应该是妈妈和寄生虫。"

我迫不及待道："马凯文说，有一个人格逃出去了，你知道是谁吗？"

画家人格摇了摇头道："我不知道。"

我狐疑道："你怎么会不知道呢？"

画家人格道："因为我是第四个被吃掉的。对了，第三个被吃掉的是船长。"

我道："可你为什么又……回来了？既然你已经被吃掉了……你应该已经死了才对。"

画家人格道："没错，当时我的确已经死了。我被一个黑洞吸了进去。"

我道："就是你那幅《黑色的入口》里画着的那个黑洞？"

画家人格道："是的。那个洞如同旋涡一样，把我吸了进去。紧接着，我便感觉自己的身体变得很轻，所有的痛苦感全都在黑暗当中消失掉了，那是一种很舒服的感觉。但这种舒适感并没有持续多久，我开始被撕扯。但那个过程几乎只有一瞬间，然后，我便来到了一片类似于宇宙的空间当中。不，'宇宙'这个形容并不准确，因为我看不到星辰，一切都是虚空的。"

我道："然后你看到了一扇门？就像你在《死亡之门》里画的那样？"

画家人格点了点头道："我拉开了那扇门，穿过了门后的扭曲长廊，来到了迷宫里。在迷宫的入口，我看到船长朝我跑了过来。"

无穷的迷廊

我道："船长？他怎么会在你的濒死世界里？"

画家人格道："我不知道，我猜大概是因为我们都是马凯文的人格，所以，我们的濒死世界，都是同一个。"

我道："船长人格先你一步被吃掉，也就是说，他已经在你之前进入过迷宫了？这么说，你们继续往前走，还会碰见妈妈人格和寄生虫人格？"

而后面死掉的人格，很可能会追上来与你们相遇？"

画家人格道："没错，是你说的这样，不过，请先听我接着讲下去。当时我在迷宫的入口碰到了船长，船长浑身是血，他极力阻止我，让我不要进入迷宫。"

我道："为什么？"

画家人格道："他说，迷宫里有怪物。"

我道："就是你在《无穷的迷廊》那幅画里面画的那些怪物吗？"

画家人格喝了口咖啡，继续道："我当时的确有些害怕，想要退回去，可是当我转身的时候，却发现，扭曲长廊的门已经关闭了，也就是说，我和船长，没有退路。"

我道："你们进入了迷宫。"

画家人格道："对。船长显然不知道该如何走迷宫，所以他进入迷宫后乱撞一气，他能够活着逃回入口，也只是运气。我是画家，所以我知道一般迷宫的拓扑结构。一般的克里特式迷宫，入口和出口是相连的。什么意思呢？也就是说，无论这个迷宫的围墙设计得多么复杂，你把这个迷宫的入口和出口，首尾拉开，就会得到一条完整的直线。也就是说，走一般的克里特式迷宫，只需要在入口处，一直摸着外壁内侧的墙走下去，最终就能够走到出口。"

我道："所以，你们按照这种方法，成功地找到了出口？"

画家人格道："并没有，我们从入口出发，又回到了入口。"

我道："为什么绕了一圈又回来了？"

画家人格道："因为这个迷宫，并不是克里特式迷宫，而是回形迷宫。当时我意识到了这一点，告诉了船长，船长彻底慌了，他很害怕，竟然蹲在迷宫的入口处，像个孩子一样抱头大哭，不愿意再踏入迷宫半步。"

我道："然后你丢下他，一个人进去了？"

画家人格道："我当时是这么打算的。但是，就在这个时候，你猜谁

第五个病例：恶念怪物

来了？"

我道："谁？"

画家人格道："杰克。"

我一时之间没反应过来："杰克是？"

画家人格道："赌徒人格。"

我恍然大悟。

画家人格继续道："当时杰克来了，我看到了希望，你知道，他是逢赌必赢的嘛，我就让他赌一把，我们能够抵达迷宫的终点吗？

"杰克说，肯定能。

"船长是见识过杰克的赌技的，于是在我的劝说下，他同意和我们进入迷宫。在迷宫里，我们两个都跟着杰克走，让他来赌是往左还是往右。

"我感觉他的判断都是正确的。我们在迷宫里绕了好几个小时，突然，围墙的另一边传来了令人毛骨悚然的低鸣声。"

我道："是迷宫里的怪物？"

画家人格道："没错，当时我们全都屏住呼吸，但还是被那个怪物发现了。只见那头青面獠牙的巨怪，张开血盆大口朝我们飞扑了过来。

"我们立马转身逃窜。

"身后，那头怪物穷追不舍，我感觉怪物不止一个，有很多的怪物正从四面八方闻声而来。我能够听到它们如饥似渴的喘息声，甚至能够闻到从它们獠牙间溢出的脓浆所散发出的恶臭。

"我加速狂奔，不知道跑了多久，当我气喘吁吁地停下来的时候，才发现，他们两个已经不见了。"

我道："他俩去了哪儿？"

画家人格道："我们跑散了。我还没来得及休息，便再度听到了那瘆人的低鸣声。

"我回过头，看到通道的另一端，那头怪物正跃跃欲试，想要冲过来吃掉我。

"我转过身继续狂奔，那头怪兽也追了上来。我在迷宫里七拐八拐，很快，我的眼前出现了一扇门。

"我已经来不及辨别那门后究竟是什么，因为身后的怪物距离我已不足五米。我立马冲过去，拉开了那扇门，砰的一声，将门关上了。"

房间

画家人格停下来，喝了口咖啡，接着道："我发现，我来到了一个房间里，房间不大，房间的正中央摆放着一把椅子，椅子对面是一台老式电视机。"

我道："你来到了迷宫的核心。"

画家人格道："后来我才意识到，我误打误撞进入了迷宫的核心，但是当时，我只知道自己闯进了迷宫中的一个普通的房间里。当时我已经累坏了，于是便在那把椅子上坐了下来。没想到我刚坐下来，面前的电视机就自动打开了。一阵密集的雪花过后，电视屏幕上开始出现了画面。"

我道："电视里播放的是你生平的画面？"

画家人格道："是马凯文的生平画面。"

我道："这画面大概播了多久？"

画家人格道："刚开始播放就中断了。"

我道："为什么？"

画家人格道："当时我也不知道，我都还没反应过来到底是怎么一回事，敲门声就响了，然后一个男人推开门走了进来。"

我道："一个男人？赌徒还是船长？"

画家人格摇了摇头道："都不是。那个男人我之前从未见过，他戴着一副超黑的墨镜来到我的面前，问我道：'你是谁？'"

"我道：'我是刘易斯。'"

"墨镜男道：'刘易斯？你不是马凯文，为什么会出现在马凯文的濒死世界里？'

"我道：'我是马凯文分裂出来的一重人格。'

"墨镜男显然是意识到哪里出错了，于是道：'马凯文还没有死，你却来到了这儿。我非常抱歉地告诉你，在马凯文死前，你恐怕永远都得待在这儿。'

"我道：'其他人也必须这样吗？'

"墨镜男一惊，道：'还有其他人？'

"我道：'除了我之外，马凯文还分裂出了九个人格，其中一个人格是他妻子，我就是被他妻子吃掉才来到这里的。'

"我说完这话，墨镜男显然是被惊到了，但很快，他恢复了平静，对我说：'我会锁死房间的这扇门。其他的人格在迷宫里活不了多久，他们进不来这里，会被那些怪物吃掉的。'

"我问：'你不怕马凯文死后，穿越迷宫的时候被吃掉吗？'

"墨镜男道：'迷宫里的怪物，是由马凯文的恶念化成的，那些怪物不会伤害他，只会伤害别人。'"

重生

画家人格讲到这里，显然是累了，他停了下来。外面的雨越下越大，我问他道："那个戴墨镜的男人是谁？"

画家人格道："我不知道，可能是死神、上帝之类的。我被锁在那个房间里，一直等待了许久，度日如年，终于有一天，马凯文来了。"

我道："就是半年前马凯文的那场车祸？"

画家人格道："没错，那场车祸，使他进入了濒死世界，把他带到了迷宫的核心。他坐在椅子上，看完了电视里播放的自己的生平，墨镜男便来了。但他却说，要让马凯文回去。"

我道:"回去?回哪儿去?"

画家人格道:"墨镜男说马凯文死期未到。"

我道:"所以,你跟着马凯文一起回来了。"

画家人格道:"墨镜男说,只有一个人能回来。"

我一惊,道:"你是说,马凯文并没有回来?"

画家人格道:"马凯文死了,我杀了他。"

我道:"你为了能够回来,所以杀掉了马凯文?"

画家人格道:"是他求我这么做的。"

我不解道:"为什么?"

画家人格道:"那起车祸并不是意外,马凯文当时就是一心求死,他是自杀的。所以,他并不想活着回来。"

03 恶念怪物

航班延误

　　窗外的雨越下越大,我坐在宾馆房间的床上,觉得一阵头痛,因为我始终想不起来,昨晚我是如何从仓库回来的。这段记忆好像被什么东西抽掉了。难不成我昨天晚上喝多了?但是我清晰地记得,昨晚在仓库,分明喝的是咖啡。那喝完咖啡之后呢?有没有喝酒?我怎么也想不起来。

　　"叮"的一声,我的手机收到了一条短信,是航空公司发来的,他们告诉我,由于天气原因,今天的航班取消了,具体更改到何时,还得等下一步的通知。

　　也就是说,我被困在了这座城市里。

　　突然,我感到腹部传来一阵剧烈的疼痛,就像刀割一样。一阵反胃,想吐,于是立马冲进了洗手间,在盥洗台前弓下腰,只感到腹部一阵抽搐,翻江倒海,却只是一连串的干呕,什么也没吐出来。

　　我抬起头,看着镜子中这张男人的脸,这张疲惫不堪的脸,此刻显得是那样不真实。就好像，那并不是我的脸。

为什么会有这种陌生感？

为什么会有这种突如其来的感觉？

我打开淋浴，冲了个热水澡，总算感觉好了一些。

然后，我掏出手机，给马怀德博士发了个短信，告知他航班延误的事情，约他出来吃个早茶。很快，他回复消息，表示同意。

蒙面女人

雨丝毫没有减小的迹象，反而有越下越大的趋势。一道道雨流在落地玻璃窗上飞速淌下，窗外，来来往往的行人打着各种颜色的伞，马路上车流密集，行驶缓慢，交通仿佛陷入瘫痪，乱作一团。

这天上午，一切给人的感觉都很慌乱。

我就像是突然来到这家咖啡厅的一样，甚至已经不记得我是穿过了几条街道，乘坐哪种交通工具来到这里的。

步行？计程车？公交车？地铁？

我不记得了。

只知道当我反应过来的时候，我已经坐在了这家咖啡厅的落地窗旁，面前坐着马怀德博士，桌面上摆放着两杯咖啡和两盘火腿三明治。

马怀德博士好像是在说着什么，我只看到他的嘴唇在嚅动，过了好一会儿，才终于听清他说的话："你看上去脸色不太好。"

我这才意识到，自己满头大汗，于是用餐巾纸擦了擦汗，然后喝了口咖啡道："我昨晚有喝酒吗？"

马博士道："为什么这么问？"

我道："我好像不记得昨天晚上我是怎么回到宾馆的。我感觉，好像喝断片了。"

马博士道："我们昨晚都没有喝酒，只喝了咖啡，我们聊得很愉快。

第五个病例：恶念怪物

昨晚，是我开车把你送回宾馆的。你……没事吧？"

他的眼神就好像是在问：你不会嗑药了吧？

我深吸了一口气道："没事，就是头有一些疼，感觉记忆有点混乱。"

马博士道："一定是没有休息好的缘故。"

我笑了笑道："应该是这样。"

但我的心里想的却是：是这样吗？

我道："我一直在想一个问题，你说，为什么有的人能够在生命指征几乎消失之后，在濒死状态下走上一遭，又活回来；而大多数人，就这样死掉了？"

马博士咬了一口三明治，喝了口咖啡道："因为大多数人，都不想回来。"

我问："为什么？为什么不想回来？宁愿死掉都不肯回来继续活着？"

马博士道："这与人在濒临死亡时的状态有关。"

我道："状态？到底是一种怎样的状态，让人放弃生还的念头？"

马博士道："我采访过很多有过濒死体验的人，他们都表示，在濒死状态的某一个阶段，他们感觉就像是进入了另外一个人生，他们能够切实地经历另外的人生。最后，他们看出，这不是他们的人生，于是他们就回来了。而大多数人，把这个濒死时幻想出来的人生，当作了真实的人生，于是就放弃了回来的念头，最终堕入死亡。"

我端起咖啡，呷了一口，看向窗外，我看到一个身着黑色风衣的女人，打着伞，几乎是贴着落地窗走了过去。

紧接着，我看到那个黑衣女人从正门走进了咖啡厅，她收起伞，经过柜台，朝我们这边走了过来。

只见她来到马博士身后，掏出一把匕首，朝博士的后背猛刺了两下。马博士痛苦地惨叫了一声，身子向外侧翻下去，倒在了地板上，血溅得到处都是。

咖啡厅里响起了一阵又一阵的尖叫声，所有人都离开座位朝门外跑去，现场一片骚乱。

那女人蒙着面，我看不到她的脸，只能看到那双锐利的充满杀意的眼睛。

她扬起手中带血的匕首，迎面向我扎了过来。

我吓得立马将身子向右侧一闪，脑袋撞在了落地玻璃窗上，一阵眼冒金星，那匕首又朝我扎了过来。这回，我将身子向左侧一闪，由于用力过猛，我整个人都滚到了桌子下面，摔了个马趴。

我感觉自己的整张脸都贴在了冰凉的木地板上，而与我的脸相对的，是马博士那张毫无生气的死人脸。

红色的血在地板上流淌开来。

如同地狱里红色的血河。

我来不及喘息，立马从桌面下滚了过去，爬起身来，一把推开前门，冲出了咖啡厅，来到了外面的暴雨中。

外面的车依旧堵得很死，身后，那个蒙面女人已经追了上来。我立马穿过车流，跑到马路对面，丝毫不敢停歇，顺着对面的街道逆着人流，一直往前跑。

我不敢回头，但是能够感觉得到，身后那个蒙面女人并没有放弃对我的追赶。

我一边跑，一边掏出手机报警，可是，电话却怎么也打不通。

大概就这么跑了十分钟，我实在是跑不动了。此时，街道上的车显得少了不少，刚好有一辆计程车朝我驶来，我立马拦下那辆计程车，拉开车门，冲了上去，坐在了后座上。

司机问："去哪儿？"

我气喘吁吁道："去最近的派出所，或者公安局！快！"

计程车开了片刻，停了下来。

第五个病例：恶念怪物

我道："怎么停了？"

司机指了指前方道："红灯。"

我向前看了看，这红灯格外长，还有一分钟，我回头看到窗外，那个蒙面女人已经朝着计程车这边冲了过来。

她知道我在车上！

我催促司机道："走！快走！"

司机不耐烦道："我在等红灯。"

此时，那个女人就要来到车门前了。

我道："我给你一千块，快走，快走！有人要追杀我！"

只见那个女人已经来到了车门前，她想要拉开后座的车门，我立马将车门上锁。她猛地拍了一下窗户，准备拉开副驾车门。

就在这时，司机一脚油门，飞快地将车开了出去，闯过了红灯。

司机一阵慌乱道："这他妈到底是怎么回事？"

我深吸了一口气道："我说过了，有人要追杀我！"

司机问："就是刚才那个女人？为什么那个女人要追杀你？"

对呀，为什么？那个女人是谁？她为什么要杀掉马怀德博士？又为什么要疯狂地追杀我？

我道："我也不知道。"

这天上午显得极为不寻常，好像一切都已经失序了。车窗外模糊的街景飞逝而过，我又感到腹部传来剧烈的疼痛，想吐。

我总感觉，这一切的反常，似乎都与昨天晚上发生的事情有关。昨天晚上，我究竟是如何回到宾馆的？

我总感觉这段空白的记忆中，一定发生了什么事情。可是，我怎么也想不起来究竟发生了什么。

就在这时，我看到，十字路口，一个红色的身影呼啸而来，紧接着，便是一阵天旋地转。我意识到，计程车和一辆红色的大货车相撞了。

我感到强烈的眩晕,嗅到了汽油味,那是一种死亡的气息。整个车身颠倒了过来,我的身体蜷曲在车内,恍惚间,我看到了白色的光,以及白光中晃动的人影。过了好一会儿,我终于看清了眼前的世界,大脑震荡着,发出阵痛。

司机显然已经死了,窗玻璃都震碎了,我从左侧的窗口爬了出去,冰凉的雨水打在我的身上,令我感觉像是重生了一般。

地铁

女人。

我看到那个蒙面女人朝我飞奔而来。

我立马拖着疼痛的身躯,加速逃跑起来。

我冲进了距离我最近的一个地铁站,我几乎是从楼梯上滑下去的。所有人都停下来,看着那个蒙面女人疯狂地追逐我,却没有一个人将其拦住。

这座城市的地铁站竟然没有安检口,只看到一名保安在巡逻,我立马冲向那名保安,向他寻求帮助。

保安走到楼梯口,拦住了那个蒙面女人,我以为得救了,但是没想到,那个蒙面女人竟然掏出匕首,不由分说地朝保安的腹部就是一刀。

血溅当场。

围观群众纷纷高喊:"杀人啦!"

惊叫声此起彼伏。只见那个女人穿过人流,朝我冲了过来。我转身便逃。我来不及买地铁票,直接翻过了闸机。这时,面前那列地铁刚好开门,我一头扎了进去。

这时,我看到那个蒙面女人也朝地铁飞奔而来。

我感觉到了窒息。

就在那个女人即将进入地铁车厢的一刹那,车厢的门关闭了。

第五个病例：恶念怪物

地铁飞速地驶入了黑暗的隧道。

我松了口气，总算是摆脱了那个女人，但还是感到有些惊魂未定。这时，我的手机终于有信号了，于是打电话报了警，告诉警察我会在下一站下车。

地铁在下一站停了下来，车厢门打开，我跟随着人群走出了地铁，却看到不远处，那个蒙面女人朝我冲了过来，吓得我立马转身逃回到了车厢内。

"砰"的一声，地铁车厢门在我进入地铁的一刹那关闭了，车厢内只剩下我一个人，地铁继续行驶，飞快地驶入了黑暗的隧道。

几乎每一站，我都会看到那个蒙面女人追到站台上，但是每次，她都没能来得及进入地铁。

最后，地铁抵达了终点站。

但是我没有下车，最后地铁继续向前行驶，驶入了黑暗的隧道。

以前我一直在想，终点站之后会是什么呢？

两分钟后，地铁在一个站台停了下来，但是，这个站台上，一个乘客都没有。地铁车厢门缓缓打开，我离开车厢，沿着站台，走向了站台尽头的那扇门。

我拉开了那扇门。

牛扒

我来到了一个熟悉的环境，只用了两秒钟，我就认出了这个地方。这是罗谦辰的家里，我第一次采访他的地方。

我穿过客厅，来到饭厅，饭厅的餐桌上，摆放着一盘牛扒。我鬼使神差地坐了下去，拾起刀叉，切了一块牛扒送进了嘴里。

这时，一个儒雅的男人从厨房里走了出来，问我道："怎么样，喜欢我给你做的牛扒吗？"

男人还没把话说完，他便做出了一个痛苦的表情，倒在了餐桌上。他的身后，站着一个手持匕首的蒙面女人。

电视机

我立马朝玄关逃去，推开门，却发现自己来到了走廊里。

那个女人顺着走廊朝我追来。

我推开了走廊尽头的那扇门，还没来得及把门关上，那个女人也推门冲了进来。

我被门板撞到，一趔趄，一屁股跌坐在了地上。

蒙面女人扬起匕首，朝我的胸口刺来。

匕首在刃尖距离我的胸口只有不到一厘米的时候，突然停了下来。我一动也不敢动，心脏几乎要跳出嗓子眼。

过了好一会儿，我僵硬的身体才得以动弹，我立马向后挪动身子，挪开了五米远的距离，直到后背顶到了墙上。

我这才意识到，眼前这个蒙面女人似乎定住了，依旧保持着俯身刺向我的姿势。

我还没弄清楚这到底是怎么回事，门就被打开了，门外走进来一个西装革履，戴着超黑墨镜的男人，他的怀里还抱着一台老式电视机。

墨镜男将那台电视机放在了墙根，并且插上了插头，然后朝我走了过来。

他来到我面前，对我道："还记得我吗？"

我摇了摇头。

只见这个男人摘掉了墨镜，我这才发现，这个男人没有眼球："先天性失明。"

我道："你是……"

墨镜男道："还没想起来？提醒你一下——高维视觉。"

第五个病例：恶念怪物

我道："你是我梦里的那个……"

墨镜男道："没错，就是我。"

我感到头昏脑涨："可是，你是梦里的……等一下……难道说……这一切的不寻常，都是一场梦？"

墨镜男道："并不是单纯的梦那么简单，你此刻正身处在一个比较奇特的领域。"

我道："奇特的领域？"

墨镜男道："我知道你一直在疑惑一件事情，从今天早上开始，你就对此产生了疑惑。你还记得你昨晚是怎么回到宾馆的吗？"

我道："对啊，我怎么也想不起来。"

墨镜男道："看看电视如何？"

他说着，走向那台电视，摁下了开关。

电视屏幕上出现了一片密集的雪花。随后，雪花当中开始出现画面。一开始，这画面很模糊，但不一会儿便逐渐清晰了起来。

我陷入了惊愕当中："电视里播放的是……我？"

墨镜男道："是你昨天晚上在仓库的画面。"

我看到，画面中，我和马博士正坐在仓库的沙发上，一边喝着咖啡，一边听着马凯文体内的画家人格给我们讲述濒死世界的所见所遇。

突然，马凯文的身体变得有些扭曲，只见他面色狰狞，声音恐惧道："是她！是她来了！她回来了！"

我紧张道："谁来了？"

画家人格道："那个怪物！"

我道："怪物？"

画家人格道："马凯文的妻子！"

画面中的我和马博士都吓傻了，不知所措。

只见画家人格通过马凯文的喉咙，发出一声心脏撕裂般的号叫，倒在了地上，身体蜷曲成一团，看上去痛苦不堪。

马博士立马蹲下身来，轻抚马凯文的身体道："刘易斯，你怎么了？"

画家人格道："原来，她没有走，她没有走，她一直在马凯文的身体里，一直处在休眠状态！现在，她醒了！她醒了！啊——！"

又是一阵痛彻心扉的喊叫声。

马博士道："刘易斯！你怎么了？刘易斯！"

突然，马凯文开始邪笑起来："哈哈哈哈哈。"

我感觉到不妙，马博士也感觉到了，将手缩了回来："你，到底怎么了？"

马凯文邪笑道："那个愚蠢的画家，已经被我吃掉了。"他说着，还舔了舔嘴唇。

我看着电视中的画面，意识到，那一刻的马凯文体内的画家人格，已经死了，掌管这具肉体的，是妻子人格！

就在电光石火之间，妻子人格不知从哪里抽出一把匕首。马博士转身欲逃，却被妻子人格用力刺中后背，倒在了血泊当中。

我看到画面中，妻子人格手持匕首朝我冲了过来，用匕首捅向了我的腹部，她连捅了两下，直到我倒在了地上。

画面放到这里，电视屏幕便再度陷入了一片雪花中。

我倒吸了一口凉气道："昨天晚上，我被……可是我现在……这到底是……怎么一回事？"

我的脑子像是要炸开了，紧接着又是一阵腹部的刺痛，所有的一切都在我的身体里乱成了一团。

墨镜男道："其实此刻的你，正躺在医院的手术台上，医生们正在对你进行抢救。就在五分钟前，你的心脏停止了跳动，医生们宣告了你的死亡。对了，我说的是现实当中的五分钟，换算成这里的时间，大概是今天早上你刚刚从宾馆的床上醒来的那一瞬间。"

第五个病例：恶念怪物

我道："我已经死了？"

墨镜男道："准确地说，你还没有死。你只是处在一种濒死的状态。"

我道："那今天早上追杀我的这个女人，难道是……"

我又看了眼那个蒙面女人，她依旧处在被定住的状态。

墨镜男道："很难说她到底是什么。可能是妻子人格追到你的濒死世界来，想要彻底干掉你。也有可能只是你内心潜意识所幻化而成的。比如，你曾经对某个女人心怀愧疚。"

我问："那我现在该怎么办？"

墨镜男道："那里有一扇门。"他指了指对面的墙，墙上出现了一扇门，我敢确定，之前那面墙上并没有那扇门。"门外有一座桥，从桥上跳下去，你就会离开这儿，在现实中醒来。"

我道："如果我不呢？"

墨镜男道："那你就会留在这儿，不过只是暂时的，因为现实中，你会真正死去，那时候，这里也就不复存在了。"

墨镜男看了看表："时间不多了，你还有五分钟，快点决定吧。"

桥

最终，我走向了那扇门。

推开那扇门，我发现来到了外面的风雨中，来到了一座大桥上。我回过身，发现自己竟然是从吊桥的一扇吊塔门走出来的。

我站在大桥的正中央，寒风袭来，暴雨如注，下面几十米处，便是湍急的灰色长河。

我站在桥边，扶着护栏，感觉自己摇摇欲坠。

我犹豫了，因为这里的一切都那样真实，我为什么要选择离开呢？

就在我犹豫之际，我看到不远处，那个蒙面女子如影子一般，手持那把带血的匕首朝我冲刺而来。

我还是下了决心，翻过了护栏。站在护栏外，桥的边缘之上，我感觉一切仿佛都将就此结束，或许也将就此开始。

我闭上了双眼，向下纵身一跃。

我感觉我的身体在半空中急速下坠，三秒钟后，我堕入了冰冷的深河当中。

尾声

我睁开了眼,眼前被一层白色的光晕笼罩,我看到白光下,几个人影正在晃动着。

其中一个人影激动道:"醒了,醒了!终于抢救回来了!"

随后,我又闭上了眼睛。

当我再度醒来的时候,已经躺在了病床上,身旁围着一些熟悉的面孔,有郭跃明,有陈警官,还有一些朋友和报社的领导、同事。

陈警官急迫地问:"你小子到底怎么了?为什么要自杀啊?"

我一怔,道:"自杀?我不是……我不是被……"

我伸手摸了摸自己的腹部,发现并没有缝合的痕迹,瞬间浑身发麻。

陈警官道:"你小子竟然从大桥上跳了下去!你是怎么想的?梦游了?要不要郭医生给你开点药治疗一下?"

我道:"到底怎么回事?"

陈警官道:"看来你小子果然是梦游了。你当时从桥上跳进了河里,还好渔船经过把你捞了上来，要不然你小子早就见阎王爷了！"

我道："当时……有个女人在追我……"

郭医生笑了："没看出来啊，方大记者，你做梦都想着女人呢。"

我道："那个女人，拿着一把匕首，要杀掉我！"

陈警官道："你还在做梦呢你！我看了监控录像，当时桥上就你一个人！你是自己跳下去的！"

我彻底乱了。

陈警官道："对了，你为什么一个人跑到这座城市来啊？"

我道："社里派我来采访马怀德博士。"

我报社的同事立马道："马怀德？没听说过这个人。社里最近也没给你派什么外地出差的任务啊。你小子自己休的年假，说要出门玩几天，你忘了？"

我问郭跃明："郭医生，马凯文是不是从你那里转移到了别的医院？"

郭跃明道："你听谁说马凯文转院了？他一直在我那儿关着呢。"

郭跃明说完这话，我感觉自己的脑子嗡的一声，耳膜都要炸穿了。

我道："我想……我想一个人休息一下。"

大家都散去了，病房里只剩下我一个人。我独自一人躺在病床上，看着天花板上的白色日光灯，感觉一切都乱了，一切都变得格外恍惚。

这到底……是怎么回事？

那天晚上大概九点钟的时候，护士突然来到病房，说有一位朋友要上来看我。很快，那位朋友来到了病房里，手里还捧着一束鲜花。

他将那束鲜花放在了床头，坐了下来。

我看到他的脸，惊了一下："是你！你去哪儿了？"

男人儒雅地笑了笑说："别惊讶，我就是来看看你，很快就走，我知道你有很多问题要问，不过现在还不是时候，不要向别人提起我。"

他说着，拿起一把水果刀，给我削苹果。

我看着他削苹果的样子，道："我好像……我好像做了个梦，梦见你死了，就在我们第一次见面的地方。"

男人道："哦？我是怎么死的？"

我道："一个女人，从背后，用刀捅了你。"

男人微微一笑，把苹果递给我，然后道："那个女人，长什么样？"

我道："我没看到她的脸，她蒙着面，但是，我记得她那双眼睛。"

男人掏出一张照片递给我："是这双眼睛吗？"

我看到照片中的女人，女人的双眼，眉目间所流露出的神态，和那个蒙面女人的一模一样。

我道："这个女人是……"

男人道："我妻子。"

我一怔，道："你说什么？"

男人用手托住下巴，眼神暧昧而又深邃地看着我道："看来，这件事情，变得越来越有趣了。"

我盯着他那深邃的目光，仿佛被吸入了一个无尽的黑洞中。

（全文完）